CARNE de

CANHÃO

AGUSTÍN AROSTEGUY

Tradução_JULIÁN FUKS

CARNE de CANHÃO

OBRA EDITADA NO ÂMBITO DO PROGRAMA **"SUR"** DE APOIO A TRADUÇÕES DO MINISTÉRIO DAS RELAÇÕES EXTERIORES, COMÉRCIO INTERNACIONAL E CULTO DA REPÚBLICA ARGENTINA.

*OBRA EDITADA EN EL MARCO DEL PROGRAMA **"SUR"** DE APOYO A LAS TRADUCCIONES DEL MINISTERIO DE RELACIONES EXTERIORES, COMERCIO INTERNACIONAL Y CULTO DE LA REPÚBLICA ARGENTINA.*

mórula
EDITORIAL

REVISÃO
Tony Monti

FOTO (CAPA)
Montagem sobre foto de Paulo Barros, inspirada na obra "La reproduction interdite" de René Magritte (1937)

Publicado originalmente em Valencia – Espanha pela Araña Editorial_ www.aranyaeditorial.com

CIP-BRASIL. CATALOGAÇÃO NA PUBLICAÇÃO
SINDICATO NACIONAL DOS EDITORES DE LIVROS, RJ

A79c Arosteguy, Agustín,
Carne de canhão / Agustín Arosteguy; tradução: Julián Fuks. – 1. ed. – Rio de Janeiro : Mórula, 2014.
104 p. ; 19 cm.

Tradução de: Escaramú majestic
ISBN 978-85-65679-23-7

1. Novela argentina. I. Fuks, Julián. II. Título.

14-12299 CDD: 868.99323
CDU: 821.134.2(82)-3

R. Teotônio Regadas, 26 – 904 – Lapa – Rio de Janeiro
www.morula.com.br | contato@morula.com.br

*El payador perseguido*_ATAHUALPA YUPANQUI

{ bit.ly/1kYA1mP }

01

*El Río y el Abuelo*_**DINO SALUZZI**
{ bit.ly/1iYac7l }

– O que se come se cria.

– Se come o quê? Se cria o quê?

– Dizer que o que se come se cria não é o mesmo que dizer que o que se cria se come.

Com esse bordão Eugenio costumava arrematar suas frases depois da ingestão de qualquer tipo de comida. Nunca se atrevia a explicar onde se criavam, por exemplo, uma salada mista, um melão com presunto, uma coxa de frango, um bife à napolitana, um guisado ou uma simples empanada de carne. Com um olhar entre curioso e travesso julgava ter sido entendido, dando liberdade à imaginação de cada um. Ao dizer o bordão, como ele chegou a confessar, não tinha qualquer outro propósito além de se jactar do que ocorria. Quando escutado pela primeira vez, o bordão produzia um efeito rotundo, tomando o ouvinte tão de surpresa que lhe provocava um sorriso que às vezes se convertia em gargalhadas curtas e contundentes. Para Miguel, neto de Eugenio, o melhor da frase era o gosto bom que deixava no paladar e na garganta por tê-lo feito rir de algo absolutamente inesperado, mas que nunca chegava a ser explícito. Nisso, justamente, apoiava-se a magia. No entanto, depois de tê-lo escutado pela décima vez, o bordão provocava uma espécie de sossego misturado com estranhamento, uma saudade até. Nesse sentido, era um anacronismo com todas as letras, razão pela qual Miguel o guardou como um tesouro por toda sua adolescência. Miguel gostava de se lembrar de quando seu avô o dizia, porque, se não lhe falhava a memória, esse havia sido o primeiro anacronismo metafórico, ou a primeira metáfora anacrônica, que ele escutara em toda sua vida.

As frases, ao longo dos anos, adquirem um peso considerável ao passarem de geração em geração. Algumas se perdem pelo caminho. Por isso, os membros das famílias que conseguem conservá-las podem ser identificados entre terceiros pelas frases, pelos refrãos e pelos bordões que utilizam. Assim, a frase de Eugenio passou a fazer parte do acervo familiar e tornou-se conhecida no bairro e por toda parte em Balcarce. Como toda boa frase, essa guardava um grande mistério, já que nunca se chegaria a saber exatamente de onde vinha, como surgira, quando foi que Eugenio a escutou pela primeira vez ou se era ele mesmo seu inventor. Miguel contraiu tal dependência emocional em relação a essa frase que, ao pronunciá-la, vinha-lhe à mente uma sequência de imagens de sua infância e adolescência, de sua cidade, das serras, dos almoços familiares de domingo na casa dos avós... Desfilavam, dessa maneira, a serra La Barrosa, o autódromo Juan Manuel Fangio, os alfajores Comoantes, a pizzaria Los Cachorros, a Praça da Cruz, as tílias nas pérgulas que rodeavam a

Praça Liberdade, os cardos verdes com suas flores violetas, e a tardezinha em que ele descobriu que as esquinas não terminavam em ponta, mas obliquamente. Mais tarde averiguaria que esse corte oblíquo chama-se oitava. Esse momento foi muito revelador; uma grande invenção para que a visão se amplie antes de chegar à esquina, quando se está de carro ou de bicicleta, para o caso de vir algum veículo. Foi tal a emoção que o tomou nesse instante que ele sequer reparou que as oitavas haviam sido implementadas numa época em que não existia semáforo. Chegou a cogitar que alguém de sua cidade houvesse inventado aquele fenômeno. No fundo, o que mais lhe agradava era a palavra, que, por alguma razão, tinha sabor de anacronismo.

A juventude de Miguel em Balcarce consistia em ficar em casa, cuidar do jardim, regar as plantas, sair para passear com o cachorro, colecionar e classificar os anacronismos em poéticos, bizarros, eróticos, ordinários, supérfluos, entre outros, e de segunda a sexta ir ao colégio. Todos os sábados, passava a tarde inteira com a mãe e com as amigas dela. Sempre revezavam as casas, nunca repetiam a mesma dois sábados seguidos. Nos sábados em que a reunião se dava na casa de Miguel, ele mesmo tentava acordar antes de sua mãe para não esquecer nenhum detalhe e para não ter que terminar tudo correndo em cima da hora. Durante os dias precedentes se encarregava de conseguir tudo o que fosse necessário e deixar encomendado ao vizinho, conhecido como Pochi, um doce caseiro de figo. A sexta-feira ele aproveitava para tirar o pó dos vasos, trocar as flores e a água, passar o aspirador e deixar o lugar da reunião bem arrumado. Quando tudo estava pronto, saía para caminhar pelo bosque próximo em busca de pinhas e flores, se possível amarelas, para confeccionar os centros de mesa e os demais adornos. Punha muito esmero na arrumação e pensava muito na disposição de cada pinha e de cada flor, com o objetivo de manter o que ele entendia como equilíbrio visual. Miguel fazia tudo isso para que as amigas de sua mãe elogiassem os detalhes decorativos, a confecção dos centros de mesa e seu bom gosto.

Pochi não apenas tinha as figueiras mais famosas do bairro, como também era, graças a sua horta pequena e exclusiva, a solução conveniente para as senhoras que passavam já dos cinquenta e poucos e não queriam andar muito por um par de tomates, alguma alface, um pouco de salsinha ou algum limão para temperar a salada. Para quem não o conhecia muito, ele era o animal estranho que tinha, na parte posterior de sua horta, um moinho pintado com a bandeira argentina. A meia distância, era um solteirão empedernido que sempre andava com a mesma roupa montado em sua incansável bicicleta, que, apesar dos anos e da falta de pintura, continuava fiel a si mesma. Eram feitos um para o outro. Ambos constituíam um reflexo calcado do outro. Juntos atendiam a todos os pedidos ou simplesmente saíam para passear. Até corria o rumor de que ele pintara sua vaca leiteira com as mesmas cores do moinho. Mas, se você o conhecia de perto, Pochi era alguém capaz de afugentar com sua escopeta, sem titubeios, qualquer ladrão que ousasse entrar em sua casa, era um galanteador magistral e, sem discriminar nenhuma, um grande amante das mulheres. Sobretudo era o protagonista das histórias mais romanescas que Miguel jamais escutara.

O encontro era a partir das quatro da tarde. Miguel tentava ficar acordado para receber as amigas da mãe devidamente, enquanto ela se levantava da sesta. Os momentos que antecediam o primeiro toque da campainha eram plenos de nervosismo e ansiedade. Ele não conseguir ficar quieto, ajeitando e reajeitando a casa, os pratos, os talheres, os vasos. Trocava-os de lugar a cada vez que os olhava. Mas, ao escutar a primeira campainha, relaxava por completo e se entregava à função de atendê-las. A mãe deixava que ele o fizesse porque sabia que lhe agradava e que as amigas não se incomodavam em compartilhar com ele a partida de canastra, entre delícias doces e conversas indiscretas. Uma vez que todas chegavam, iam se sentando entre cumprimentos e beijos, ocupando cada uma, mais ou menos, seu respectivo lugar. Miguel, com suma celeridade e compromisso, aproximava delas os apoios de copo, um par de cinzeiros, guardanapos e os pratos cheios de doces, sobretudo o doce de figo. Nos primeiros instantes, por cima do ruído produzido pelos movimentos dos cubos de gelo e dos tragos de cigarro, do som das cartas se embaralhando, se repartindo e deslizando sobre a toalha, escutavam-se cada vez mais alto as vozes das cinco mulheres, numa algazarra que, vista de certa distância, parecia uma coreografia vocal das mais estudadas e estruturadas. Nesses momentos nunca ninguém reparava na existência dos biscoitinhos, alfajores de maisena, pudins caseiros, bolinhos recheados de batata-doce e de marmelo. Tudo se resumia ao uso dos cinzeiros e dos apoios que aos poucos iam grudando no fundo de seus respectivos copos. Quando o jogo já estava aberto e algumas histórias haviam sido contadas, aí sim a atenção recaía sobre os pratos e seu conteúdo. Nesse instante, muitas mãos em todas as direções começavam a avançar sobre eles. Para a mãe de Miguel os bolinhos pareciam rosas quadradas, mas o sabor da massa crocante e do recheio os convertia, junto com o doce de figo, nos mais cobiçados. Num momento de distração, Miguel pousou seu olhar sobre a mão de Amelia, que transportava uma metade de bolinho de marmelo. À medida que o bolinho se aproximava de seu destino final, Miguel sorriu, com uma careta, pensando nos diferentes lugares onde essa metade de bolinho poderia ter sido criada. Preferiu não comentar nada em voz alta porque o ritmo do jogo era constante e não deixava muito tempo para divagações desse calibre. Não que jogassem por dinheiro ou coisa parecida; era só que elas adoravam se deixar levar pela adrenalina do jogo enquanto se atualizavam das novidades. As apostas eram simples, desde quem ajudaria a tirar a mesa e lavar os pratos até quem seria a anfitriã no próximo sábado. Uma vez que o jogo entrava em sua fase estável, aproveitava-se para renovar os pratos, esquentar a água do chá e esvaziar os cinzeiros.

No grupo de amigas, havia uma em particular que se fazia facilmente notar a cada vez que falava. Nora, assim ela se chamava, desde muito jovem ganhara o apelido de "Loura" por possuir, como nunca antes em sua árvore genealógica, um tom de voz muito especial que era ao mesmo tempo agudo e mais alto que a média. O que mais chamava a atenção era sua voz nasal, a tal ponto que parecia sair diretamente pelo nariz em vez da boca, como uma forma *sui generis* de ventriloquia. Dizia-se que não tinha herdado a voz da família, e por sorte suas duas filhas até então também não estendiam seu mandato.

Aquelas tardes eram das mais animadas para Miguel, e ele as adorava porque faziam as horas passarem muito rápido. Os temas de conversa em geral giravam em torno de alguma receita nova que qualquer uma delas havia posto em prática graças ao seu programa culinário favorito, ou como era elegante o jovem cozinheiro que começava seu novo programa, notícias sobre o bairro de cada uma, as plantas que elas haviam conseguido ressuscitar ou irremediavelmente jogado fora, se a filha da vizinha da esquina estava mais gorda ou era verdade que estava grávida. Nesse ir e vir, o jogo ficava relegado a um confortável segundo plano, enquanto as vozes e os risos se tornavam cada vez menos distinguíveis, nos copos iam ficando as marcas dos lábios, e os diversos perfumes e aromas liberados pelo excesso de maquiagem se mesclavam com fricção no ar.

Dessa forma Miguel passou seus últimos anos de ensino médio. De sábado em sábado, sem muito contato com seus companheiros para além do que forçava a entrada e saída do colégio. Não se preocupava muito com isso, já sabia que ia continuar seus estudos em Buenos Aires, a Capital Federal, onde poderia conhecer todo tipo de gente nova, diferente da que havia conhecido até então.

{ OS ANACRONISMOS METAFÓRICOS E AS METÁFORAS ANACRÔNICAS }

Por toda a minha infância e adolescência guardei uma lembrança especial dos anacronismos, mais ainda quando eram metafóricos ou poéticos. Esses anacronismos continuam me remetendo à figura do meu avô e à facilidade que ele tinha para inventar anacronismos desse tipo em qualquer circunstância. Era tal a ternura que me provocavam que, num momento da minha adolescência, decidi fazer uma compilação sem avisá-lo, por temor de que se inibisse. Nos primeiros anos de ensino médio, então, toda vez em que o visitava levava comigo um pequeno caderno, no qual anotava cada uma daquelas frases engenhosas e retumbantes que saíam de sua boca. Assim consegui reunir cerca de cento e cinquenta anacronismos metafóricos e metáforas anacrônicas. Quando meu avô morreu, prometi que os guardaria para mim e nunca os mostraria a ninguém.

O que mais me atraía eram a sutileza e a contundência que esse tipo de frase encerrava. Ainda que, em seu momento, eu não as compreendesse plenamente, sentia que tinham algo de mágico e transcendental. Mais que erros linguísticos, como alguns sustentavam, para mim eram pérolas sonoras que eu adorava escutar e que tentava decifrar o tempo inteiro.

Ainda que tivesse em minhas mãos algo que para mim era um tesouro linguístico, nunca tive coragem de usá-los em público, muito menos de publicá-los. Basicamente por pudor, porque desconhecia, se alguém me perguntasse, seu significado e sua origem, e porque pensava que esse tipo de tesouro oral correspondia ao acervo dos habitantes de cada comunidade, devendo, portanto, morrer ali. **[g]**

02

*Aboio*_**CAETANO VELOSO Y GILBERTO GIL**
{ bit.ly/Ror8IX }

Plataforma 1, 2, 3, 26, 9, 11, 13, 31, 19, 21, 22, 42, 4, 15, 7, 37, 38..., lia Miguel do ônibus. Até chegar à 47, que era a sua, pareceu uma eternidade. Os números das plataformas passavam muito rápido para os olhos de Miguel, o que fazia com que seus olhos se cruzassem, fossem um para cada lado, para cima, para baixo. A sensação de distância percorrida entre plataforma e plataforma parecia interminável, como se, no ônibus, ele estivesse em outra dimensão que não a das plataformas.

Eram já nove e quinze da noite quando parou fora do ônibus, pensando onde teria colocado o papel em que anotara o endereço da tia. O papelzinho estava bem dobrado no mesmo lugar onde o guardara. De repente, um pensamento lhe sobreveio enquanto prestava atenção num grupo que, ainda que estivesse parado, não ficava quieto, o fluxo de gente que não parava de ir e vir, de se chocar e se empurrar de forma quase teatral: quanta gente com o mesmo semblante, pura pressa!

A princípio o contraste daquilo com seus movimentos contidos, sigilosos, quase mecânicos, o imobilizou da cintura para baixo. Segundos depois, acalmou-se pensando que esse detalhe mínimo o diferenciava dos demais. Mas esse pensamento não durou muito, assim como a calma, porque de repente, com a atenção voltada para o papel, viu-se empurrado por uma corrente humana – que atuava como uma onda expansiva – deixando às suas costas as plataformas onde os ônibus grunhiam em descanso. Sem prestar atenção em seus movimentos e no modo como eles atuavam sem um pedido seu, já estava na borda da calçada chamando um táxi. Diante da insistência do taxista, subiu sem se separar da bagagem e voltou a procurar o papel, que desta vez sim estava perdido. De tantas vezes que o havia lido, sabia o endereço de memória e, assim que apareceu em sua mente, o repetiu como se fosse o endereço de sua própria casa, evitando a modulação excessiva e tentando fingir para o motorista que não era um endereço memorizado, e sim habitual. Tais haviam sido os conselhos de Eugenio para que ele não virasse carne de canhão dos taxistas. À medida que o táxi avançava pelas ruas com o som do rádio ao fundo, Buenos Aires à noite se apresentava para Miguel como o esqueleto de um dinossauro já fossilizado, ao qual a passagem dos séculos outorgara, por alguma estranha razão, uma energia absorvente que se traduzia em uma inércia invisível, incansável e, por momentos, perturbadora.

Uma vez no destino, parado na calçada, uma verdade o golpeou no interior de sua cabeça. Com ela ratificou, enquanto via o táxi se afastando, que os carros e veículos em geral se moviam (ou eram movidos?) por uma força similar à energia que movia as pessoas, minutos antes, no Terminal de Ônibus.

O edifício em que sua tia morava parecia um tanto espalhafatoso, sobretudo pelos corrimões que decoravam a entrada, pelo enquadramento da porta e pelos quadros do saguão de entrada, todos de um bronze bem lustrado. A tia Goya era desses parentes que ele havia visto, no máximo, três ou quatro vezes em toda a sua vida. Escolhera a solteirice e agora, já mais velha, pagava pela ausência de carinho filial. Ainda que não o confessasse abertamente, dava para perceber isso pelo modo como expressava as emoções e os sentimentos mais simples.

Miguel lembrava que o apartamento era desses que tinham o teto alto e todas as paredes revestidas por uma imitação de madeira até um metro e cinquenta de altura. Ao entrar pela porta principal, era inevitável que fosse recebido pelo cheiro típico dos apartamentos de começo de século, caracterizados pela ventilação oblíqua. A decoração era muito densa e, apesar do grande número de quadros, porta-retratos, cinzeiros, vasos, todos tinham uma correspondência direta com o lugar que ocupavam, como se fosse uma casa-museu. O lugar que cada um deles ocupava tinha uma explicação por trás que só a tia entendia. Uma particularidade chamava bastante a atenção de Miguel: em cada um de seus cômodos, fosse a cozinha, a sala de jantar ou os dormitórios, havia pelo menos dois ou três espelhos de diversos tamanhos, usos e formatos. Uns pendurados e pequenos, outros de corpo inteiro e com pé de apoio, alguns até redondos ou quadrados. Tudo se assemelhava a um perfeito anacronismo animado que se refletia, se autorrefletia.

Apertou a campainha e o ruído ficou suspenso no ar por alguns segundos, antes de se liberar e soar como programado. O estranho foi que a tia Goya apareceu pelo elevador justo no momento em que a campainha retumbava no saguão. A essa hora, La Goya, como a chamavam no bairro, já estava de pijama e robe. Ainda que neste momento não os usasse, não cabia nenhuma dúvida de que ela tinha o tipo de cabelo das pessoas que usam bobes.

Com entusiasmo medido fez com que entrasse, deu-lhe as boas vindas e o abraçou sem apertar forte. No elevador perguntou sobre a viagem, e a Miguel lhe ocorreu explicar o estranho pensamento que teve, mas, quando ia começar, o elevador se deteve no sétimo andar. Entraram no apartamento e, sem esperar que Miguel deixasse as malas, ofereceu-lhe torta de limão e chá. Miguel não gostava de chá, mas lhe deu não sei o quê de dizer não e acabou tomando. Depois das perguntas habituais sobre a família e sobre Eugenio e seus famosos anacronismos, mostrou-lhe o quarto que ocuparia e se despediu até o dia seguinte. Seu quarto era bem amplo, com um janela grande, um espelho de pé e outro menor pendurado, sem contar com o da porta do armário que era duplo e de corpo inteiro. Ao ficar só, Miguel deitou na cama e começou a pensar se a palavra ônibus, sua tia de robe e bobes, a torta de limão, o bronze resplandecente do saguão, o cheiro do apartamento, não redundavam em um anacronismo bem a gosto de Deus e de Eugenio. Quis comentar isso com o avô, mas de tanto pensar e rememorar acabou caindo no sono.

Assim, uma viagem de ônibus mudou de maneira radical a vida de Miguel, como também foram mudando seus gostos, seus gestos, suas taras e paulatinamente até seus costumes. De repente ele tinha que recomeçar numa cidade tão grande quanto alheia, sem nenhum rosto conhecido, nenhum lugar aonde ir, nenhum hábito, nada de nada. Isso era para ele Buenos Aires. A princípio parece que tudo é duplamente difícil: encontrar lugares que sirvam como refúgio entre tanto ruído e asfalto, horários apropriados para sair e caminhar sem cansar de imediato, esquinas e quarteirões inteiros que o fizessem sentir como ele mesmo – pensava Miguel. Havia dias e até semanas completas em que custava a se convencer de que a direção em que saía para caminhar era pura e exclusivamente decisão sua, e não dos demais transeuntes, dos automóveis, das árvores ou dos edifícios. Havia momentos de tal confusão em que lhe parecia estar copiando o passo daquele que ia pela calçada da frente, ou os gestos do porteiro da esquina, ou o jeito de estar parado da vizinha do Quatro A. Quando isso acontecia, se detinha e mudava de rumo, de ritmo e até de modos.

Sem que pudesse evitar, seus passeios sempre estavam relacionados com alguma praça. Por razões ainda desconhecidas, as praças exerciam sobre Miguel uma espécie de magnetismo, um ímã do qual partia ou ao qual chegava, às vezes as duas coisas. Para Miguel, eram espaços onde se resumia, de forma artística e quase solene, a solidão das cidades, das pessoas que viviam ali ou estavam de passagem, do mundo inteiro. Cada pessoa que ia às praças era para expor sua solidão e compartilhá-la tácita e indiretamente com os demais. Sentia isso sobretudo nas praças pequenas, encerradas dentro do perímetro de um quarteirão, onde caminhavam pessoas absortas feito sonâmbulas passeando com seus cachorros, pombas pululavam em uma excitação constante como se fossem carrinhos de bate-bate, e as árvores, para chamar a atenção, davam um jeito de mostrar as raízes levantando os azulejos, a terra ou o cimento ao redor. Miguel sempre voltava dessas praças com a sensação de ter visitado um museu de cera, mas formado por seres vivos.

Aos poucos ia adotando certa rotina, entre a universidade, os passeios, os pedidos, as idas ao supermercado. O fato de que a tia Goya soubesse jogar canastra ajudou Miguel a ganhar confiança, ainda que sentisse falta das partidas de sábado com sua mãe e as amigas, das histórias heroicas de Pochi e de seu doce de figo. Como às terças não tinha aula de manhã, aproveitava para ir tranquilo ao supermercado. No começo as idas ao supermercado não passavam disso, simples abastecimento de bolachas, geleias, frutas, verduras, arroz integral e outras coisas. Mas, sem perceber, a partir de um momento indeterminado, começou a sentir que ia ao mercado para relaxar, como uma forma de espairecer e de se encontrar consigo mesmo. Apreciava passear com o carrinho entre as prateleiras, fuçando preços, procurando ofertas para depois ter assunto de conversa com a tia. O supermercado tinha se convertido, para Miguel, numa espécie de parque de diversões cheio de cores, adrenalina, suspense. Ainda que o conhecesse de cor, sempre encontrava ali algo novo.

Numa terça de fim de agosto, acordou e tomou banho, algo raro para ele porque preferia tomar banho de tarde. Tomou o café enquanto fazia a lista na memória e, ao terminar o café com leite, partiu com o carrinho de compras da tia. Gostava de inventar nomes para os produtos que tinha que comprar. Divertia-se escrevendo coisas como queijo louco, sal gordo, cenonra.

Estava em sua prateleira favorita, a das geleias, escolhendo qual levar. Era ali que costumava passar mais tempo. De repente, começou a sentir a presença de alguém parado bem no começo do corredor que não tirava o olhar de cima dele. Ergueu a vista pensando que fosse algum atendente ou segurança. Ao se deparar com o olhar daquela pessoa, viu que ia se aproximando diretamente até ele como se o conhecesse. Miguel continuou comparando as geleias de pêssego que tinha nas mãos. Poucos segundos depois e sem oferecer palavra prévia, o sujeito estendeu diante de seus olhos um cartão particular em que se podia ler: Rafael Benítez, R.P.

{ UMA HISTÓRIA SOBRE AS OITAVAS }

No começo eu achava que as oitavas eram algo mundial, que existiam em todos os países e cidades do mundo. Mas depois, quando comecei a pesquisar a respeito, percebi que era uma invenção argentina, mais especificamente de um arquiteto cordobês radicado na Alemanha. Aprofundando minha investigação, encontrei mais informações que colocavam em dúvida esse último dado, sugerindo que podia ser um alemão naturalizado argentino. As pistas que encontrava me levavam alternadamente às duas histórias. Nenhuma era mais provável que a outra. O que me chamava a atenção era que as oitavas haviam surgido com um sentido prático e funcional, para logo se converterem em uma questão estética, do campo da beleza e da ostentação das casas, para quem quisesse vê-las.

Minha história preferida era a que contava de um tal Esteban Camilo Taján (1893-1967), nascido em Santa Rosa de Calamuchita (Córdoba), no seio de uma família de operários. O pai, Marcelo Julián Taján, dedicara toda sua vida à alvenaria. A mãe, Lucrecia Estefanía Gutiérrez, fora costureira em tempo integral. Dados cadastrais indicavam que, nessa época, Calamuchita não tinha problemas com suas esquinas, nem qualquer preocupação estética de converter os quarteirões em octógonos, já que estes, como as ruas e calçadas, eram todos irregulares e amorfos. Desde pequeno, Esteban já mostrava interesse pelas figuras geométricas. Desenhava-as por todas as paredes de sua casa tentando sempre alterá-las, modificá-las, apropriá-las. Para ele um simples triângulo isósceles podia chegar a ser um pássaro adormecido, um broto a ponto de florescer, um esqueleto fossilizado de capivara. Um retângulo ordinário podia chegar a ser um centro comercial abandonado, um carrinho de supermercado cheio de mercadorias ou uma simples caixinha de música com bailarina. E assim com qualquer figura que aparecesse diante dele.

Tudo aconteceu numa tarde de outono em que, de tanto pensar, Esteban foi caminhando até Villa General Belgrano. Transcorria o ano de 1927 e tanto o pai quanto a mãe não paravam de trabalhar. Por essa época, começavam a chegar naquele lugar os primeiros alemães com vontade de fazer da vila uma comunidade plenamente geométrica, sem exceções. A facilidade que Estebán possuía no manejo das figuras geométricas já se propagara por todas as cidades circundantes e até mesmo pela capital, de modo que os germânicos não demoraram em dar com o mestre da abstração geométrica – assim chamavam Esteban, e ele adorava. Quando os alemães o encontraram, Esteban estava lucubrando sobre aquilo que se transformaria, anos depois, em sua obra-prima. A oportunidade que se apresentava era ideal para provar sua factibilidade, e para poder estabelecer precedentes de seu engenho. Depois de entrar em acordo com os alemães em relação a honorários e benefícios, mergulhou no trabalho que lhe tirou o fôlego por 39 noites e 41 dias. Depois de descartar numerosas formas falhas e ideias parciais, chegou ao que se converteria em sua criação magistral do quarteirão mais estético e bem desenhado de toda a história. Foi assim que, em 23 de agosto de 1931, ele patenteou junto ao escrivão público e às autoridades municipais competentes a ideia das oitavas.

A ideia era tão revolucionária que não esteve isenta de boicotes e tentativas de atentados, tanto contra a festa de inauguração quanto contra a vida de seu autor. Os defensores extremistas das esquinas ortodoxas de todo o país se uniram para tentar parar o evento com ameaças violentas e tentativas de sequestros extorsivos.

Esteban e seus pais estiveram a ponto de se exilar do país, mas, graças à intervenção da Embaixada Alemã na Argentina, puderam viver com identidades alemãs e sob segurança privada *em Villa General Belgrano. E, como todo inventor ou toda invenção transcendental, pouco depois de sua morte, em 1967, começou-se paulatinamente a identificar as vantagens de sua criação, que foi se propagando por todo o país, tornando-se um sucesso que o catapultou não só para toda a América Latina, mas também à Europa e à América do Norte, e até na Ásia chegaram a venerá-lo.* **[f]**

03

*Microdancing*_BABASÓNICOS
{ bit.ly/1isG7aE }

*Breaking away*_SUMO
{ bit.ly/1kYAqWp }

Sem esperar que Miguel largasse algum dos potes, introduziu o cartão no bolso da camisa dele e de imediato soltou uma peroração de vários minutos em que tentava explicar a Miguel – que não perdia o espanto pelo aumento do preço das geleias de uma semana para a outra – que o motivo da abordagem era para que se apresentasse à agência de modelos que ele presidia. Essa podia ser a oportunidade de sua vida, juntos poderiam chegar muito longe. Embora a agência não fosse muito conhecida por enquanto, este talvez fosse o momento de dar um salto e passar ao primeiro plano. Com o cartão ele estava comprometido a passar pela agência ou a ligar para agendar uma reunião. Sem pretender que Miguel a essa altura largasse algum dos potes que tinha nas mãos ou deixasse de olhar os que estavam na prateleira, deu meia volta e foi embora com um sorriso de desfile e um cumprimento discreto.

Miguel custou a sair do espanto, sem saber realmente se era pelo preço das geleias ou pelo encontro em si. Tanto lhe custou que, por um instante, não entendia por que tinha dois potes nas mãos. Em poucos minutos voltou a si e lembrou que estava no supermercado, pôs os potes de sempre no carrinho e continuou seu trajeto.

No começo, só levar em conta a proposta de Benítez já o perturbava, ou melhor, o desconcertava. Pensava: eu, modelo? O que faria com a carreira de advogado? O que diriam meus pais? Aquele mundo que ele nunca havia imaginado nem remotamente, sobre o qual nunca havia pensado, agora se apresentava tão cabal e sem aparentes obstáculos. À medida que passavam os minutos, caminhando perdido pelo supermercado sem comprar sequer um palito de dentes, a ideia ia lhe parecendo cada vez mais possível, menos alheia a seu mundo. Quem não acharia sedutora a proposta de um desconhecido que lhe oferecesse a oportunidade de ser famoso? Saiu do supermercado sem terminar as compras, deixando o carrinho mal estacionado, e com uma vontade incontornável de ir ao banheiro.

Os dias subsequentes à ocorrência no supermercado provocaram uma mudança sutil, porém evidente em Miguel. Aos poucos, e sem perceber, foi trocando de hábitos. Com o avanço dos dias as diferenças foram se tornando mais agudas, deixando de incidir apenas em questões superficiais, tocando cada vez mais fundo. Não apenas seu trato cotidiano com a tia havia mudado, mas também seus gostos para o café da manhã, o almoço e o jantar, a relação com os colegas de faculdade, até com o padeiro e o verdureiro do bairro. Antes passava as tardes conversando, agora mal os cumprimentava. O mais curioso era que na verdade não havia acontecido nada, um cruzamento no supermercado e nada mais. Mas é justamente a latência dos imprevistos, a insubordinação dos fatos sobre os quais não podemos incidir de maneira cabal, o que enche nosso cérebro de bolhas. A questão é que ele começara a ir às aulas vestido de outro jeito e mal prestava atenção no que se dizia. Seus colegas achavam que ele estava falando diferente, em outro tom, com palavras que nunca haviam feito parte do seu vocabulário.

Desde aquela manhã no supermercado, a ideia de ser modelo não parava de lhe rondar a cabeça, abordando-o o tempo inteiro e sequestrando-o nos momentos mais inesperados: escondido no banheiro antes e depois de tomar banho, escovando os dentes, cortando as unhas. Às vezes a tia, preocupada com o tempo que ele passava fechado no quarto sem fazer o menor barulho, batia na porta sob o pretexto de que a comida estava pronta ou perguntando se ele se sentia bem, mas sem se atrever a entrar. Essa intromissão o deixava nervoso, quase histérico, e, embora soubesse que a tia sempre bateria antes de entrar, ainda assim se sobressaltava e pelas dúvidas deixava a porta trancada.

A ideia de ir ver Rafael Benítez se tornava cada vez mais recorrente, mas ele pensava: e se ele faliu e fechou? E se eu for e ele não estiver mais lá? E se ele se mudou e trocou de telefone? Tudo se precipitou no dia em que Miguel acordou com a necessidade imperiosa de comprar um espelho de corpo inteiro. Já não bastava o do banheiro que lhe mostrava a metade de cima do corpo, nem o do saguão do prédio, porque era público, nem o que estava na parte interna de seu armário, porque era velho e de perto os pés não apareciam; o que tinha pé era estreito demais, e o outro era pequeno até para ver o rosto. Saltou da cama, sem passar pelo banheiro, sem cumprimentar a tia, calçou as pantufas e seguiu no sentido do elevador enquanto ainda vestia seu robe. Quando pisou a rua, percebeu que não conhecia nenhum lugar onde adquirir o espelho que tinha em mente, de modo que se pôs a percorrer vários. Passou por seis lojas sem dar com o espelho que queria. Quando chegou à sétima, gostou do primeiro espelho que viu. Foi amor à primeira vista. Sem demora parou do lado e o abraçou até que viessem atendê-lo. Pagou e partiu. Voltou ao apartamento e o colocou em seu quarto. A verdade é que o espelho era muito bonito, oval e muito grande, comportando quase dois Miguéis e meio.

Esse acontecimento, que para qualquer outra pessoa teria sido totalmente inócuo, acabaria por convencer Miguel sobre a decisão a tomar em relação a Rafael Benítez. Não tinha nada a perder – ele pensava. É só ligar e pronto. Mesmo tendo algumas coisas para fazer na faculdade e algumas encomendas, nesse dia e na semana seguinte não saiu da frente do espelho, como se houvesse algum mistério que só ele entendia. Era tal seu fascínio com o espelho que ele não parava de dar voltas ao redor, como se nunca houvesse visto um. Não se sentava para comer, comia de pé, ia ao banheiro só para tomar banho ou quando precisava de verdade, não atendia aos telefonemas da mãe nem dos colegas da faculdade. A tia fora visitar uma amiga que morava na Grande Buenos Aires e não voltaria até a semana seguinte, de modo que ele se esqueceu do relógio, da fome, da sesta, de tudo. Estava abobado como nunca antes diante de sua imagem, que mais parecia um ímã. Não era só sua imagem, mas o efeito que sua figura produzia naquele espelho em particular. Era como se a imagem de Miguel não pertencesse a ele, e sim ao espelho, e como se este a guardasse na memória para mostrá-la. Embora desde sempre Miguel houvesse gostado de se ver em espelhos, nunca havia se sentido tão atraído por um deles. Isso era o cúmulo. Aquilo se convertera numa relação de escravo e amo, em que o tempo inteiro os papéis eram trocados.

O segundo quadrimestre do curso estava prestes a terminar, mas fazia mais de dois meses e meio que Miguel não comparecia às aulas. Vivia em outra realidade, em outro planeta, não tinha espaço livre na cabeça para outra coisa que não fosse o espelho e seu reflexo, ou, melhor dizendo, seu reflexo e o espelho. Estava tão obcecado com sua imagem que começou a se gerar uma dependência absoluta entre ambos, e ele não fazia nada que não estivesse diretamente relacionado com ela. Sua imagem ou seu reflexo e ele eram um mesmo sujeito, uma só personalidade. Tão forte era o vínculo que era como se o espelho o houvesse parido, como se ele houvesse nascido no dia em que comprou aquele espelho. Foi assim que, um dia, lhe deu nome e tudo: Valentín. Já estava na frente do espelho fazia quatro meses, até as horas de sono haviam sido alteradas e cortadas. Perdera a noção do tempo e do espaço, esquecera que havia ido a Buenos Aires para estudar Direito, esquecera o supermercado, a padaria da esquina, o chimarrão às cinco da tarde, e o mais triste era que também se esquecera de Balcarce. Era como se o espelho houvesse incubado dentro do corpo de Miguel um ser completamente narcisista, vaidoso e extravagante, uma mistura peculiar de Dorian Gray e David Bowie.

Foi assim que as férias de verão passaram voando. Em vez de ir visitar a mãe e as amigas, que o esperavam com ansiedade para jogar canastra e conversar sobre a vida nova e se deliciar com coisas doces, em vez de voltar à sua cidade para percorrer seus cantos e lugares preferidos, ficou preso em sua imagem. Seus pais tentaram ligar para visitá-lo, mas Miguel não atendia ao telefone. Quando chegou a data de inscrição na faculdade, Miguel nem ficou sabendo, assim como também não se preocupou em atender às ligações dos colegas. Estava muito ocupado concretizando em sua cabeça a reunião com Benítez. Comprou mais roupas nesse fim de semana do que em toda sua vida. Queria se ver esplêndido para a futura reunião, desejava deslumbrar, porque uma estrela não podia passar despercebida – pensava. O fato de ter comprado roupa nova era a desculpa perfeita para continuar diante do espelho e afastar motivos de preocupação e queixas de sua tia e de sua mãe. Várias vezes a tia passava diante da porta de seu quarto e escutava como ele conversava com aquele espelho, mas Miguel explicava que estava estudando para uma prova oral muito difícil e que precisava estar bem preparado. O que a tia desconhecia era que fazia muito tempo que Miguel não pisava na faculdade, que a única coisa que fazia era comprar roupa e sair toda noite.

Por fim chegou o dia da reunião com Benítez. Levantou-se mais cedo do que de costume e se vestiu para a ocasião: com a calça que mais o favorecia, os sapatos mais vistosos e a camisa preferida. Tudo de acordo com o espelho. Tomou banho, se aprumou, fez a barba bem rente para que o rosto tivesse aquele brilho que, na opinião do espelho, ficava muito melhor nele e, sem avisar à tia aonde ia e sem ligar antes para Benítez, saiu corajudo e contente, disposto a atropelar o mundo.

Ao virar a esquina tirou do bolso o cartão, memorizou o endereço e chamou um táxi. Durante o percurso, Miguel apenas olhava pela janela como se ali pudesse ver projetado seu futuro. Chegou, pagou, desceu e deixou uma gorjeta generosa como quem só transita por outros valores, e o taxista nem perguntou nada, para garantir que ele não se arrependesse. Miguel já se distanciava e procurava a casa. Percorreu duas vezes a mesma quadra antes de perceber que era na outra calçada. O número era 2375, e não 2376, como ele memorizara. Atravessou a rua e se deparou com a casa de Rafael Benítez. Por alguns segundos titubeou antes de tocar a campainha, porque a casa ficava bem ao lado de um terreno baldio que estava à venda, tendo o mesmo Rafael Benítez como agente imobiliário. A frente da casa era uma garagem, mal pintada de branco e muito descuidada. Parecia que a casa tinha uns cinquenta metros de fundo. Até esse momento, nunca havia se dado conta de que talvez antes os quarteirões não fossem tão grandes e que só houvesse de três a quatro casas por quadra, num total de dezesseis por quarteirão completo, e talvez todos os vizinhos estivessem em contato por seus pátios interiores. Aí lembrou que desde pequeno lhe atiçava a curiosidade averiguar o que havia no centro de cada quarteirão: seria um poço cego que recebia, através de um cano saindo de cada casa, os despejos de esgoto? Seria um parque de diversões? Um zoológico petrificado? Haveria restos de dinossauros? Um barco pirata com mapa do tesouro? Nem seus avós, nem os tios, nem as amigas da mãe queriam lhe contar, perpetuando assim o mistério.

Antes de se arrepender, decidiu finalmente tocar a campainha. Ela parecia mais morta do que viva e ele pensou, enquanto batia com o punho na porta da garagem, que estava fazendo parte de um vivo anacronismo. Teve que esperar alguns minutos para que o eco dos golpes caísse nos ouvidos de Benítez, que se encontrava escovando os dentes enquanto escutava boleros na vitrola. Sem protocolo ou preâmbulo o fez entrar, e ele se viu na presença de outros modelos que descansavam antes de terminar a sessão de fotos que se desenrolava no jardim, todos vestidos de jardineiros, com terra nas mãos, com uma pá e plantas esperando para serem plantadas ou transplantadas, outras regadas ou sepultadas. A empresa que pagava toda a produção se encarregava do cuidado de parques e jardins, e tinha como slogans: "Faça um parque em sua própria casa ou apartamento: o espaço é o de menos"; "Aprenda como obter uma planta a partir da semente em uma semana"; e o mais novo: "Como fazer para que suas plantas se reproduzam sem gastar dinheiro" – só se for tirando fotos delas, Miguel riu consigo mesmo.

Rafael o fez entrar e pediu que esperasse alguns minutos até que ele terminasse a produção e pudesse atendê-lo. Miguel se sentou, tendo chegado até ali não iria voltar, mas sentiu algum desassossego por não ter recebido logo toda sua atenção. Nesse instante seu peito se abateu de saudade do espelho. Quando Rafael viu que Miguel se sentara, voltou para o pátio. A única coisa que Miguel tinha à mão eram revistas de moda velhas e fedidas nas quais nem a cor das roupas se distinguia. Procurou em volta e encontrou alguns espelhos, mas nenhum era como o dele, de modo que baixou a cabeça e fez o sinal da cruz. As paredes estavam cobertas de fotos de homens e mulheres, alguns com penteados ridículos, outros com cara de retrato, e os mais distantes com roupas psicodélicas. Ressalvando as distâncias temporais, Miguel se reconheceu um pouco naquelas fotos, ficou sério e começou a folhear as revistas murchas, que produziram nele a mesma sensação. Sentado ali, esperando não sabia o quê, sentiu-se ridículo, pareceu-lhe que sua vida não tinha pé nem cabeça (que anacronismo mais sonoro!, pensou) e por um instante sentiu repulsa de si mesmo, de Benítez, do fotógrafo, das fotos, das revistas, da casa da tia, da tia, da mãe, de Balcarce, dos anacronismos e do diabo a quatro. De súbito foi arrebatado por uma tremenda necessidade de ir caminhando sozinho até Balcarce, mas todo o impulso se limitou a uma única e muda ânsia.

Quando as horas de espera já pesavam, Rafael reapareceu com a mesma roupa, acalorado e um pouco sujo de terra negra, e por alguma associação interna lhe veio à cabeça uma cena de filme pornô classe B. Enquanto o chamava para o escritório, disse que temia que ele não se atrevesse a aparecer pelo bizarro que havia sido o encontro no supermercado. Miguel se limitou a sorrir e a pensar onde eles estariam em relação ao centro do quarteirão.

Se se atrevesse, perguntaria a respeito depois da reunião. Rafael começou descrevendo o modo como trabalhava, como lidava com as questões de publicidade, com as passarelas, os negócios em geral, e acabaram falando sobre como era confuso andar de metrô na capital, a falta de placas, os horários de pico e a quantidade de pombas famintas párias que há nas praças. Mais que conversar, uma vez mais Rafael se estendeu num solilóquio à prova de tudo: gagueiras, onomatopeias, assoares de nariz, gargarejos; o único espaço que dava era para que Miguel soltasse alguma palavra interrompida, sempre em número ímpar, uma ou três, três ou cinco. Adorava falar, perguntava e respondia sozinho, era como um ator que ensaiava a sós um papel. Miguel se entregara com resignação a acompanhar as palavras de Rafael, com gestos vários e movimentos de mãos e braços como se fosse uma espécie de mímico de rua. Quando lhe parecia conveniente erguia uma sobrancelha ou as duas, franzia o nariz em sinal de discórdia, coçava atrás da orelha quando Rafael se perdia, estirava o máximo possível a lateral dos lábios quando queria dizer alguma coisa e não podia. Quando parecia que Rafael havia terminado, Miguel se apressou em falar para aproveitar aqueles segundos que Rafael usava para respirar e renovar o ar, mas de nervoso não conseguiu concatenar a frase completa e Rafael voltou à carga com sua verborragia implacável.

Suspirando sem disfarçar, Miguel se recostou de pernas escancaradas, como um sapo de chumbo estirado na poltrona. Rafael queria aproveitar o fotógrafo que estava ali para começar o quanto antes e tirar algumas fotos dele, já que neste ramo, como na vida, nunca há tempo a perder – sentenciou. Nesse instante Miguel se levantou, preparado para qualquer coisa desde que pudesse deixar de escutá-lo. Com um par de fotos já poderia começar a oferecê-lo às empresas mais importantes do país. Logo se aproximou uma pessoa que, sem dizer nada, começou a lhe ajeitar a roupa e o cabelo de forma pouco amável. No rosto de Miguel desenhou-se um sorriso que não lhe permitia pronunciar qualquer palavra, de modo que ele só procurou seguir Rafael até o set onde se encontrava o fotógrafo. No começo foi difícil relaxar, entre os flashes violentos, os gritos e os olhares intimidantes do fotógrafo, e os olhares cheios de palavras de Rafael. Mas não havia dúvida de que o fotógrafo tinha anos de experiência nisso. Assim, aos poucos, ele foi se entregando literalmente às instruções, ainda que não conseguisse deixar de se sentir como o bufão de algum castelo medieval. Que anacronismo mais antiquado!, pensou para si mesmo e sorriu. Pouco a pouco via que o fotógrafo já não dizia tudo o que ele tinha que fazer. Ele ia se soltando, sentindo-se mais à vontade diante da lente que estava à espreita até dos menores gestos. Deixou-se levar pelo conselho tácito do fotógrafo e iniciou à sua maneira um diálogo pessoal e íntimo com a câmera, exatamente como havia feito com o espelho. Dessa forma, as duas horas e tanto que passou naquele set foram para Miguel algo como ter ficado a noite inteira sem dormir disputando um triátlon. Seu sentimento era de alegria e espanto pelo modo como o tempo passara voando.

Miguel foi embora da casa de Rafael como um soldado que volta da guerra. Enquanto ia a caminho de casa, as lembranças fizeram com que se sentisse penosamente idiota, porque ia recordando as poses e as caras que fizera diante da câmera e enrubescendo e esbravejando por dentro. Por um momento lhe passou pela cabeça que Rafael e o fotógrafo estariam morrendo de rir ao revelar as fotos. Haviam combinado que em três dias voltariam a se ver para comentá-las. Rafael tinha confiança de que muito em breve sairia alguma coisa.

Quando chegou à casa da tia, não olhou o relógio nem o espelho, nem cumprimentou ou viu se a tia estava ali, indo se deitar direto do jeito que estava. Dormiu pesado até perder a noção do relógio. Sem saber quanto dormira, de repente começou a escutar como um eco os chamados da tia vindos de algum lugar da casa. Quando conseguiu erguer o tronco, entendeu que um tal de Rafael estava ao telefone querendo falar com ele. A ordem de mover o braço para tentar pegar o telefone demorou a ser processada, e o braço ia em câmera lenta àquele encontro. Quando por fim pegou, era como se pela primeira vez a mão tocasse o telefone. Era estranho o jeito de segurar, mas ele não sabia por quê. Antes de encostar o fone no ouvido, já era capaz de escutar a voz que não parava de falar do outro lado. Já vinha falando fazia tempo sem se importar se alguém a escutava ou não, de modo que Miguel não encontrou espaço sequer para dizer alô. Deixou-se tomar pela euforia de Rafael, que lhe relatava o périplo que suas fotos haviam feito até chegar a uma empresa muito conhecida, cujo nome ele não conseguiu reter. Era tal a energia que Rafael investia na conversa que Miguel teve que afastar o telefone da orelha alguns centímetros, porque ele parecia querer atravessar com a voz toda a distância da linha telefônica. A única coisa que se escutava de Miguel era ahã, ahã, porque Rafael já tinha se colocado no papel de representante e não lhe deixava espaço para opinar. A única coisa que conseguiu entender com clareza foi que se tratava de uma empresa de fósforos que o havia contratado, e que a campanha seria gráfica e televisiva, cobrindo a princípio a Capital e a Grande Buenos Aires, e se fizesse sucesso se expandiria para as províncias de Buenos Aires, Mendoza, Córdoba, San Luis, Santa Fe, Entre Ríos, Neuquén, Río Negro e Chubut. Pareceu-lhe estranho que uma empresa de fósforos houvesse reparado nele, ou ao menos não era isso o que ele tinha em mente, e por isso voltou a perguntar. Mas não havia dúvida, era uma das empresas de fósforos mais importantes do país. Embora não fosse aquilo que Miguel fantasiara como o que começaria sua vida de modelo, aceitou com absoluta resignação como quem morre por seus ideais, para a emoção de Rafael, e também porque um começo é um começo, como já escutara seu avô falar algumas vezes. A empresa em questão havia se fundido com uma empresa brasileira, pois queria competir em toda a América Latina. Ele, por sua vez, estava convocado a comparecer, bem cedo no dia seguinte, ao estúdio fotográfico que a empresa contratara.

Rafael passou para buscar Miguel na casa da tia e, enquanto iam, explicou que começariam pela propaganda gráfica e depois passariam à televisiva. A propaganda gráfica em si teria a estrutura de uma história em quadrinhos, e Miguel tinha que se vestir de patinho junto com outros dois modelos escolhidos especialmente. O que vocês têm que fazer é caminhar em fila indiana até chegar a uma lagoa, mas você vai ser o primeiro da fila – ressaltou Rafael diante do desconcerto de Miguel. E, uma vez na água, nadar em círculos. A campanha televisiva, em compensação, vai ser muito mais simples em conteúdo e estrutura, porque tudo vai recair sobre a sua imagem. Você aparece num plano aberto vestido com uma calça cor de madeira clara e com uma camiseta vermelha de manga comprida. O cabelo e as sobrancelhas tingidos de vermelho. A câmera segue você enquanto você se aproxima do balcão de uma cozinha, toma nas mãos uma caixa de fósforos da marca em questão e vai acendendo, um por um, todos os fósforos da caixa até esgotar o conteúdo. Com a caixa vazia e o cabelo todo chamuscado e fumegante, você se aproxima da câmera e, sem dizer nada, deixa cair a caixa e sai da cozinha andando para trás com o olhar fixo na câmera. E no segundo comercial, porque vão ser dois, você aparece na mesma cozinha vestido do mesmo jeito e, de uma hora para a outra, dois cozinheiros corpulentos erguem você no ar e passam sua cabeça de fósforo na mesa de carvalho até conseguirem que o fogo acenda. Não se assuste porque é um truque. Depois, colocam você na frente da câmera e se retiram da cozinha.

Mal saíram, tanto a propaganda gráfica quanto a televisiva obtiveram tal sucesso que transcenderam as fronteiras, chegando ao Uruguai e em seguida ao Chile, onde tiveram uma acolhida sem igual. A partir daí, feito mágica, começaram a se suceder propagandas e contratos cada vez mais importantes de índoles diversas, um atrás do outro e sem descanso para Miguel ou para Rafael, que não parava de contar dinheiro. Nunca havia visto tanto dinheiro junto, de modo que decidiu abandonar a agência e se dedicar integralmente à função de *manager* de Miguel. O patinho se manteve durante muito tempo no imaginário coletivo e teve repercussões muito chamativas e inesperadas. Chamaram-no do Zoológico de La Plata para que ele se fantasiasse de outros animais, para quem sabe assim aumentar o público durante o outono e o inverno. Organizações ecologistas e de preservação da fauna e da flora autóctones do sul queriam convocá-lo para realizar campanhas de conscientização sobre o meio ambiente, sobre animais em perigo de extinção e sobre plantas prejudicadas pela mudança climática. Uma vez o contrataram para que se fingisse de pinguim extraviado nadando pelas águas geladas de Ushuaia. Experiência indescritível e que, por sorte, deu certo já nas primeiras tomadas. Na campanha, Miguel era um pinguim bebê que se encontrava perdido, sem saber onde estava sua família ou seu lar. Era encontrado por um menino e levado à casa dele, e, apesar da intenção de ficar com ele, o menino acabava ajudando-o a procurar a família e o devolvia ao lugar ao qual ele pertencia. Na última cena Miguel aparecia de costas, mergulhando na água gelada entre pinguins reais, e todos saíam nadando como os pinguins nadam nas águas frias do sul.

Inexplicavelmente como todo fenômeno, Miguel parecia estar tocado pela varinha mágica, porque, não importava como ele aparecesse, convertia tudo num sucesso estrondoso. Não daria para explicar de outra maneira o sucesso meteórico de Miguel. Alguns especialistas falavam do histrionismo nato que Miguel demonstrava até nos mínimos gestos a cada vez que parava diante da câmera. Seu manejo do tempo era algo fora de série, diziam outros. E alguns o atribuíam ao carisma sobrenatural de Miguel, algo que nem ele sabia que tinha ou que se chamava carisma. Por uma coisa ou por outra, ou por tudo ao mesmo tempo, Miguel ainda não conseguia assimilar tanta fama, tanto dinheiro e popularidade, mas qualquer que fosse a marca ou empresa que o contratasse ele acabava transformando em sucesso massivo com apenas alguns minutos na televisão ou no rádio, ou com uma simples aparição em jornais e revistas. Rafael não queria demonstrar, mas também ele não conseguia acreditar e, quando estava a sós, batia a cabeça contra a parede para ter certeza de não estar sonhando. Mesmo assim, não cansava de levar a Miguel quatro ou cinco propostas por dia, uma mais importante que a outra. A partir de agora estavam em condições de selecionar os trabalhos. Rafael mudara por completo sua aparência. Engordara e, como era baixo, parecia uma rolha de garrafão. Sempre sonhara em deixar o cavanhaque e o cabelo comprido, para poder amarrar sem deixar nenhuma mecha de fora. De longe seu cabelo parecia uma peruca, de tão brilhante. Ele era, além disso, hipercinésico, e tinha três celulares que não paravam de tocar, desligando um e atendendo o outro que estava em espera, enquanto o terceiro começava a tocar. Assim passava manhãs e tardes de segunda a sexta, e também os fins de semana. Como sua hipercinesia aumentava, tentou sossegá-la fumando. Como o cigarro não dava resultado, começou a roer as unhas tanto das mãos quanto dos pés – estas últimas ele primeiro cortava com o alicate e em seguida mastigava com sanha.

Dessa maneira se passaram três anos de vida que fizeram com que Miguel se cansasse das propagandas, das revistas, dos desfiles. Ele queria algo novo, não sabia bem o quê, mas a máquina de fazer linguiça, como seu avô chamava a televisão, tinha que lhe brindar com algo mais do que alguns minutos mortos de propaganda. Sentia que podia explorar outros campos, como ser apresentador, ser protagonista de algum programa importante ou de alguma novela vespertina. Quanto às revistas, já estava cansado de dar entrevistas e de posar para fotos. Queria algo que o movesse, algum desafio interessante, mas também não sabia o que poderia chegar a ser. Estava montado no cavalo da fama, tinha dinheiro, glamour, já percorrera mais da metade do mundo em menos tempo do que jamais teria imaginado, deixara amantes a torto e a direito por todas as cidades onde pusera os pés, tornara mais famosa a já famosa marca pela qual lhe cabia desfilar, e sentia que sua vida era maravilhosa e sorria para ele de boca aberta. Japão, Austrália, Canadá, Finlândia, Suécia, Groenlândia deixaram de ser nomes de lugares distantes e se converteram em cartões postais para a lembrança. A consagração do amor ficou em segundo plano, era coisa do dia-a-dia ou, melhor dizendo, de noite a noite, nas quais conhecia ou lhe apresentavam alguma mulher com a qual nutrir o vício. Era assim; o que popularmente se chamava amor, para Miguel, havia sido rebaixado a um mero vício, algo mecânico como subir a escada, e como tal acabava sendo muito fácil de adquirir e quase impossível de abandonar. Os rostos e os corpos das mulheres iam, vinham, eram trocados feito figurinhas. Ao pensar em figurinhas

Miguel se surpreendeu ao descobrir que as pessoas estavam cheias de anacronismos. Abstraiu-se pensando se existia alguma relação formal entre um anacronismo e o *déjà vu*. Fechou os olhos e voltou a repetir: o amor é uma guloseima, enquanto tentava se lembrar de algum poema de Oliverio Girondo. Se o amor se apresenta como um vício, não é amor, lhe respondeu seu lado Cyrano de Bergerac. Não dê bola para ele, não há gozo maior que o vício do sexo e do prazer, disse seu lado Marquês de Sade.

Recostou-se em sua poltrona exausto de tanto maniqueísmo gratuito e deixou que seus anjos, como ele os chamava, brigassem como quisessem – inclinando-se um pouco pelo anjo de Sade, pensava no quanto o amor tinha de supérfluo, de contraditório, de manipulação, de poder para alcançar através dele algo oculto e em geral mesquinho. Todo o sangue lhe subiu à cabeça e começou a sentir o estômago revirado, enquanto continuava pensando: se em todos os lugares que visito durmo com cada mulher que conheço, nunca vou conseguir parar de fazer isso. E se desejo algum dia me apaixonar, teria que deixar de viajar e de conhecer novos lugares. Mais, teria que morar num só lugar, digamos um bairro determinado, no espaço e no tempo, para evitar a tentação e o afã da ubiquidade. E se pôs ainda mais reflexivo: com a vida que levo é absurdo pensar que o amor possa durar uma vida inteira ou que alguém possa se apaixonar uma vez só e para sempre. Além disso, é preciso ter consciência de que, quando alguém se estabelece fisicamente, renuncia, às vezes sem perceber, a milhares e milhares de amores potenciais espalhados pelo mundo inteiro. Nesse sentido, o amor está mais para oportunismo do que para panaceia.

{ DE ALCUNHAS E APELIDOS, UM CASTIGO DIVINO }

Se algo têm em comum os apelidos e as alcunhas é que nem seus donos sabem com certeza por que eles existem e para que servem. Àquele que o recebe só resta se acostumar a carregá-lo e retomar consciência dele a cada vez que alguém o pronuncia. Quase sempre têm origem na criatividade de algum parente que aproveita que o alcunhado é pequeno demais para rejeitar ou influir sobre sua alcunha ou apelido. Em nome do carinho que professa, e num ataque de inventividade sem parâmetros, esse parente se autoproclama o artista das alcunhas da família ainda não descoberto pelo mundo. Dessa mente saem palavras que misturam, segundo seu autor, carinho e criatividade à flor da pele. O mais curioso é que ele até pode chegar a pensar que tem um dom divino para esse tipo de mister, e sua eloquência o leva numa montanha-russa que pareceria não se ater aos integrantes da família, estendendo-se, numa tentativa de entrar para o livro dos recordes, a todos os amigos e conhecidos da cidade. **[e]**

04

*I grieve*_**PETER GABRIEL**
{ bit.ly/1s4cXE9 }

Como acontece com toda figura que faz sucesso na moda, todos pensam que fará também na televisão, nas revistas ou onde quer que apareça, e que isso durará até o fim dos tempos. Assim se pensa, assim se crê ferrenhamente, afirmando-se com certeza que o sucesso tem caráter transitivo e imortal. É preciso aproveitá-lo enquanto dure – Rafael não se cansava de aconselhar. Porque para mim não é nada, é como a sorte em certo sentido, hoje você tem, amanhã é a vez de outro. Ainda que não se possa negar que há pessoas com mais sorte que outras, observando com objetividade a sorte não passa de um mapa gigante com uma roleta que determina o lugar onde cairá a bolinha. Atuar em função da sorte por muito tempo desvirtua o destino, abusando e manipulando algo de certa forma divino e impossível de ser compreendido pela mente humana. É como o brilho dos sapatos, chega um ponto em que, mesmo que você continue passando a camurça, não vai conseguir tirar deles mais nenhum resplendor e, além disso, em silêncio o sapato vai se desgastando a cada engraxada até terminar sendo outra coisa. Sem ir mais longe, é a história das galinhas dos ovos de ouro. Porque a gente do campo sabe que nem sempre que a galinha cacareja é para botar um ovo. Preste atenção, por exemplo, no mito da galinha d'Angola. Estas últimas palavras suscitaram em Miguel imagens contraditórias, e era a primeira vez que ele ouvia falar de tal mito.

Com esses conselhos na cabeça, foi assim que Miguel começou a tomar gosto pelos bicos em telenovelas e minisséries transmitidas para toda a América Latina. Até chegou a atuar como repórter e um dia também se viu fazendo o papel de mexicano num melodrama televisivo, e de dublê de um japonês numa série policial. Para representar o mexicano pediram que deixasse crescer um bigode frondoso em forma de U invertido, que até chegou a cobrir as laterais dos lábios, e costeletas no mesmo tom. Passou por qualquer programa que pagasse por sua presença, dos programas de qualidade aos mais fuleiros, mas em todos a audiência ganhava vida a cada vez que Miguel aparecia e, sem explicação, morria quando ele partia. Assim Miguel foi ganhando um espaço cada vez maior na televisão, tanto aberta quanto a cabo. Chegou a ser galã em três novelas que passavam no mesmo dia em horários diferentes, repórter em dois programas, um de notícias sensacionalistas e outro de fofocas, e coapresentador de um sexto.

Então, depois de dez meses, seguindo o conselho de Rafael, ele cortou com a televisão, que o estava comendo vivo e aniquilando física e mentalmente. Decidiu se voltar para a terapia tântrica e fazer aulas de teatro, para abrir novos caminhos ainda inexplorados. Sem dúvida chegara a um ponto muito alto e, se não se desse algum descanso, Rafael acreditava, ia acabar se destruindo. Começou a terapia com toda credulidade quatro vezes por semana. Anos antes, quando era um simples estudante de Direito, teria julgado inútil e até, se o estimulassem, teria chegado a balbuciar palavras de menosprezo. Embora desse para ver que Miguel era duro demais para o teatro, as aulas e a terapia aos poucos o foram amolecendo, ou ao menos era o que ele achava. E ainda que dissessem que macaco vestido de seda ainda é macaco, ao menos ele estava aprendendo a dissimular certos movimentos semirrobóticos, que o ritmo da televisão e o impacto visual conseguiam matizar. De qualquer forma, os que o seguiam não pareciam reparar nisso, porque, fizesse o que fizesse, assistiam aos programas e naquele momento estavam dispostos a perdoar qualquer coisa desde que não fosse sua desaparição completa. A afeição por seu psicólogo, no entanto, chegou a se converter em apologia. Não havia conversa em que ele não tirasse benefícios da psicologia e do tantra. Era algo tão forte que ele chegou a dizer, aos roteiristas de uma das três novelas, que, para que voltasse, era indispensável que seu personagem fizesse algumas sessões com um psicólogo, e com a condição de que o ator fosse seu próprio psicólogo.

Sem se dar conta, Miguel continuava se distanciando de vínculos, cheiros, pessoas, situações e momentos precisos que o uniam a Balcarce. Sua vida dera um giro tão monstruoso que nem sua mãe o conhecia. Sua voz era outra, muito afetada, muito superficial, e ele já não visitava a cidade. Também seu físico mudara, o que talvez fosse imperceptível para ele, mas para a família era como se ele houvesse sido clonado ou trocado por outra pessoa. As últimas conversas telefônicas com a família terminaram com as palavras de surpresa e de angústia da mãe: Eles mudaram você! Isso fez com que Miguel não atendesse mais ligações e nem quisesse que seus pais o visitassem em Buenos Aires. A partir desse momento, Miguel começou a negar publicamente, mesmo que não lhe perguntassem, que havia nascido em Balcarce, começou a negar seu passado real e optou por dispensar seu nome verdadeiro, atribuindo-se enfim um nome artístico. E deixou que seu *manager* fosse quem, de agora em diante, lidasse com sua família. Para não ter mais contato com sua vida anterior, aproveitou esse momento para comprar uma casa e sair de uma vez por todas da casa da tia.

Todos os críticos, pela primeira vez na história, concordavam que Miguel não era um bom ator, e colocavam em dúvida se algum dia chegaria a ser. Mas, ainda assim, também reconheciam, alguns a contragosto, que Miguel possuía um não sei o quê, um ímã pessoal, sobrenatural, algo que não se podia explicar de forma racional, que fazia com que as pessoas sentissem certo carinho por ele independentemente do programa em que aparecesse e do papel que representasse. De qualquer maneira, Miguel não se deixava levar muito pelas críticas, lendo-as e sem alarde deixando-as de lado, sem comentá-las com ninguém, como se o criticado fosse uma pessoa desconhecida. O formidável era que o não sei o quê de Miguel o houvesse levado tão longe e continuasse catapultando-o a uma fama inigualável e embriagadora que, vista do presente, parecia infinita.

Como toda estrela que se preza, de um dia para o outro ele se entediou das aulas de teatro e até da terapia tântrica, e começou a aparecer só em outros programas como convidado. Apareceu, assim, em todos os programas em que era chamado, opinando sobre futebol, sobre a Seleção, indo a programas de culinária gourmet, programas políticos, programas de auditório. De tanto aparecer em todos os canais e programas, foi convidado por Mirtha Legrand e Susana Giménez na mesma semana. O mais engraçado foi quando, contando sua primeira vez no programa de Jorge Guinzburg, atreveu-se a dar alguns conselhos sobre posições tântricas.

Mas o grande momento chegou quando lhe ofereceram ser o apresentador de um programa que o faria percorrer toda a América Latina, tendo como única obrigação passear, falar com gente do lugar, comer comida local, enfim, se divertir. Ao trabalho de apresentador se somou uma oferta para gravar um disco. E como são as questões do destino, porque a possibilidade de gravar o disco veio apenas por ele ter dito na televisão que gostava de Julio Iglesias, Sandro e Cacho Castaña, nessa precisa ordem. Que sua mãe admirava esses músicos, mas que nunca os havia visto cantando ao vivo. Embora essa oferta o tenha tomado de surpresa e ele estivesse com a mente voltada para o programa que o levaria por todo o continente, ele não pestanejou duas vezes para tomar a decisão e se atirou de cabeça. De imediato começou a ver a gravação dos shows de Sandro, Julio Iglesias, Raphael, e todas as noites em que podia ia ver a apresentação de alguma banda de rock do momento. Esmerava-se em estudar os movimentos no palco, as posições corporais para conseguir cada tom de voz, e o jeito de parar diante do microfone. O único inconveniente era que Miguel não sabia tocar nenhum instrumento. Pensando bem, nunca sequer tivera um instrumento nas mãos, não tinha noção de ritmo e suas orelhas eram como as asas do açucareiro da avó. Mas o produtor do disco disse algo que o tranquilizou: Miguel, isso é com certeza o de menos e seus fãs não têm por que ficar sabendo. Você realmente acredita que todos os que cantam sabem alguma coisa de música? Você só tem que dizer, quando lhe perguntem, que desde criança você escutava esse tipo de música graças a seus pais e seu irmão mais velho, e que sempre teve uma sensibilidade especial para a arte e a natureza, que é o que o povo gosta de escutar. Miguel não tinha irmão nem irmã, mais velho ou mais novo, mas sempre cabia a possibilidade de encontrar alguém disposto a sê-lo. Ele, por sua vez, tinha que dizer, em qualquer oportunidade que se apresentasse, que sempre escutou de tudo, que era precoce nesse sentido, que se sentia um artista ou músico eclético – gostava do som dessa última palavra que incorporara fazia pouco, e a repetia muitas vezes. O melhor de tudo era que não tinha que se ocupar de nada a não ser de pôr a cara, já que para o resto havia um grupo de especialistas. Era espantosa a eficiência desses profissionais – pensava Miguel – em idear a melhor história para artistas que acabavam de se lançar. Mas seu caso era diferente, já que ele contava com uma fama sólida e que o disco já era muito esperado, mesmo que sua divulgação mal tivesse começado. Também não tinha que se preocupar em aprender música e composição nem em escrever as letras, ainda que, diante dos fãs, tivesse que falar dos momentos especiais em que a inspiração o invadia. Tinha que se concentrar apenas em estudar os movimentos, cantar e cuidar do que dizia; todo o resto já estava resolvido. Recomendaram, entre tantas outras coisas, que escolhesse alguns poetas de renome, porque sempre pegava bem dizer que para escrever ele se inspirava lendo a poesia de Neruda e Benedetti, Bécquer e Hernández, Darío e Machado. Assim começou toda uma sequência de entrevistas para anunciar o disco prestes a ser lançado. Transitava de rádio em rádio, de revista em revista, de canal de televisão em canal de televisão. Para cada ocasião tinha que decorar um poema diferente e recitar de memória, mas com os nervos à flor da pele como se ele próprio o houvesse escrito.

Rafael não perdeu nem um minuto para se colocar em contato com empresas que se ocupariam do *merchandising* de Miguel. Depois de aprovado o design, rapidamente apareceram no mercado chaveiros, preservativos, balas, refrigerantes e água mineral. Era só ir ao supermercado para ver, do lado dos hambúrgueres Good Mark, os de Miguel com seu sorriso estampado na embalagem. Era ir ao zoológico num domingo com a família e havia bexigas, camisetas e canetas com a cara de Miguel. A cada segundo aparecia um produto novo, que provocavam em Miguel um misto de vergonha e graça. Logo seriam lançados porta-retratos, saca-rolhas, relógios, perfumes, isqueiros e até uma série massas secas – espaguete, farfalle, fusilli –, assim como leite integral e desnatado, iogurte, leite em pó, manteiga, creme de leite. No dia anterior haviam se reunido com uma empresa que queria lançar uma coleção de roupas para bebês, com babador e tudo, e Miguel queria que fossem iguais aos que ele usava quando criança, dizendo para si com um brilho nos olhos: um anacronismo circular. Por outro lado, havia a possibilidade de lançar tabaco para cachimbo, cigarros, sedas e fósforos, mas queriam que tudo estivesse planejado para não saturar os consumidores. De avós a recém-nascidos, não importava o *target*, a idade, a cor, o credo, não se discriminava nada, tudo era negócio com o rosto de Miguel, e era preciso aproveitar, já que Miguel parecia conquistar todo mundo por igual, com sua calidez estudada, sua verborragia medida, até com os gestos mecanizados e os movimentos pré-fabricados, e sobretudo com o sorriso e o penteado feitos sob medida para cada ocasião.

Assim chegou o dia em que a música também acabou por entediá-lo. Depois de fazer uma carreira meteórica, tendo gravado três discos em menos de seis meses e vendido trocentos milhares de cópias, mais uma vez ele saltou da loucura que criara. Como tudo havia se dado tão rápido, o projeto de apresentar um programa de viagens tivera que ser postergado. Agora ele estava pronto para recuperar esse projeto. O que o havia esgotado na vida de cantor eram os autógrafos intermináveis que ele tinha que dar a cada vez que aparecia em via pública, não importava a hora que fosse, e isso ninguém além dele podia fazer. Cada vez que terminava um espetáculo ou saía para passear com o cachorro, centenas e centenas de pessoas começavam a rodeá-lo para que ele assinasse qualquer coisa que elas traziam à mão, enquanto gritavam ensandecidas e impacientes. Também havia cansado dos *playbacks*, já que sua voz não aguentava mais do que meia hora de espetáculo e ele cada vez levava mais tempo para aquecer a garganta antes do show.

Vieram alguns meses em que se dedicou por completo à realização do programa de viagens. Dessa vez se comprometeu em todas as etapas do projeto, não queria ser só a cara do produto. Já com a estreia prevista para dali a uma semana, se dispôs a relaxar em sua jacuzzi. Era sábado de manhã, e depois da jacuzzi aproveitaria para dedicar o fim de semana ao jardim, que funcionava como um passatempo e como uma terapia. Por um lado o acalmava, por outro o afastava do mundo exterior. Quase sem perceber passou o fim de semana inteiro transplantando, regando, comprando, podando, trocando algumas plantas de lugar e conversando com os donos de viveiros, com os jardineiros do bairro, com vizinhos cuja jardinagem apreciava, lendo livros e revistas especializados em plantas. Se dependesse dele, poderia passar horas e horas sem perceber a passagem do tempo, conversando sobre como cuidar de todo tipo de plantas, flores e árvores e elogiando o jardim do vizinho com o propósito imediato de que o elogio fosse recíproco, com o pensamento oculto de saber que cada um acreditava ter um jardim melhor que o outro. Havia uma vizinha em especial que estava fascinada por umas arvorezinhas que Miguel havia comprado e posto no jardim. Era uma espécie exótica e pouco conhecida, que Miguel havia podado de maneira peculiar para que chamassem ainda mais a atenção, embora a característica chamativa fossem as folhas em forma de losango. O que atraía a vizinha era sobretudo a cor das folhas, uma mescla de amarelo e cobre difícil de definir sem ver. Ela insistiu tanto que Miguel acabou lhe dando uma que havia ficado mais baixa que as demais. Ajudou-a a plantar, explicou em detalhes como cuidar, como e quanto regar, e até lhe deu de presente uma tesoura especial para, se ela desejasse, podá-la como ele.

Numa dessas manhãs estranhas de primavera em que o vento parece acelerar e os trovões querem se antecipar em puro alarde à tormenta preguiçosa que demora em chegar, a vizinha amanheceu com várias plantas a menos em seu canteiro e com alguns troncos de suas árvores quebrados com selvageria até a metade, sem chance de salvá-las, como sinal de reprimenda ou apenas como ato de violência.

A vizinha, que nutria um sentimento tão forte para com todos os seres vivos e, em especial, para com as plantas, não podia acreditar. Abria e fechava os olhos cada vez mais rápido, para em seguida mantê-los fechados com força com a intenção de alterar o que via, contando até cinco para voltar a abri-los para a realidade que era uma só. Tal como essas pessoas que tratam suas mascotes como seres humanos, a vizinha havia dado a cada uma de suas plantas e árvores um nome próprio e exclusivo, inclusive anotando-os num caderno em que constavam a data de aquisição, o nome, o número de identificação e algo como uma história de vida de cada um. Depois de semelhante atrocidade não havia modo algum de salvar sequer a metade do tronco que restara com suas raízes intactas embaixo da terra. Cheia de ira, ela esbravejava, se sentia como a deusa do trovão, da tormenta, do terremoto, tudo junto numa mesma pessoa.

E, como quem precisa descarregar sua frustração, pôs a culpa em Miguel e sem esperar qualquer resposta ou explicação ou possibilidade de se defender ou de argumentar algo, fechou-se em sua casa, esperou até a noite e, como católica que era, seguiu os conselhos da Bíblia. No dia seguinte, mal acordou, Miguel se deparou com umas quantas árvores destruídas por um ódio infundado, o humano.

Uma desgraça absoluta para as plantas, que sem conhecer nem saber nada, e sendo inocentes, acabaram pagando com a vida a desinteligência humana que utiliza, para descarregar sua ignorância e incompreensão, coisas que rodeiam sua vida. A vizinha nunca se preocupou em saber se Miguel era mesmo o culpado, na verdade pouco lhe interessava saber quem era, porque no fim tudo servia para demonstrar o poder humano sobre as coisas que não se encontram no mesmo nível, sejam plantas, sejam animais, a natureza toda, o meio ambiente ou outros seres humanos. O certo era que Miguel não era capaz, mesmo que o obrigassem a isso, de maltratar uma planta, sequer verbalmente. Mais ainda, já deixara de comer todo tipo de folhas verdes, como alface, rúcula, escarola, acelga, porque ficava com a sensação de que estava comendo uma de suas plantas. Chegara a gostar mais de uma planta, uma flor, uma árvore, do que de sua família. Sua consciência se condoía quando ficava sabendo que, por inépcia, negligência ou preguiça, morriam as plantas de alguém em algum lugar do mundo. Descobrira, depois de uma pesquisa exaustiva, que o principal fator de morte das plantas era acreditar no vendedor em relação à quantidade e periodicidade em que se devia regá-las. As pessoas supõem, principalmente quando estão começando, que os vendedores têm que saber. Mas, em sua própria experiência, Miguel havia comprovado que as informações passadas pelos vendedores sobre como, quanto e quando regar eram noventa e sete por cento errôneas. Nunca recomendavam interagir com a planta, nunca sugeriam que a única maneira de regá-las na medida justa era se conectar espiritualmente com elas – Miguel se queixava.

Num ataque momentâneo de lucidez mental, Miguel pensou em voz alta: então quem se encarrega de regar as plantas nas floriculturas, nos viveiros, nos supermercados e hipermercados que possuem um setor de plantas? Aposto que os vendedores são proibidos de fazê-lo, porque, caso contrário, não haveria planta que aguentasse; mas alguém tinha que fazer. Ou talvez estivessem tão estudados e calculados os tempos de cada planta, entre a chegada e a venda, que era mais uma questão de logística e de controle de estoque do que de aprendizado sobre elas. Com certeza os vendedores têm a informação justa e a administram segundo a cara do possível comprador. Sabem de cor quais são interiores e quais são exteriores, quais resistem a temperaturas extremas, o nome científico sempre e quando não tiver muitas vogais juntas, esperando que o cliente não saiba. Por alguma curiosa razão que escapava a Miguel, o nome científico nunca coincidia nem se aproximava do nome popular. Miguel sempre saía com a sensação de que os vendedores inventavam qualquer nome e o pronunciavam seguros de si, mas não tinha coragem de entrar numa discussão, porque seria inútil e porque pensava que existia uma rivalidade interna entre os vendedores para ver quem memorizava mais nomes, e sem perceber – refletia – eles acabavam armazenando informações imprestáveis para a vida das plantas, que lhes atrofiam o cérebro e os tornam mais arrogantes e estúpidos aos nossos olhos, os olhos dos clientes. Seja como for, dá para ver no rosto dos vendedores uma emoção sem igual quando, por inconsciência, se solta a pergunta: e esta aqui precisa de quanta água? Nesse preciso momento, como se fossem conferencistas, limpam a garganta, se penteiam e inflam o peito para começar seu discurso, como se tivessem nascido na Amazônia, sendo todo um milagre se alguma vez em suas vidas chegaram a ver a foto de algum bosque, alameda ou conjunto de plantas. Está cheio de vendedores que vendem com um manual ultra-atualizado, baixado da internet ou trazido de algum parente dos Estados Unidos ou do Japão, decorando e dizendo: esta você tem que regar com um jorrinho por dia. Mas quanto é um jorrinho?! Valem-se da vergonha do cliente que não se atreve a perguntar por medo do ridículo e, sobretudo, por medo de que o vendedor perceba que está diante de um perdido e queira vender mais alguma coisa. Para não passar por um momento de desconforto, o cliente evita a pergunta e aceita o jorrinho como uma medida padrão universal, o que no fundo só reflete a falta de experiência e de definição por parte do vendedor.

O problema vem quando, ao chegar em casa com a nova planta, a subjetividade toma de assalto o sujeito, colocando-o contra a parede, inundando-o de dúvidas e perguntas à queima-roupa que minutos antes ele não tinha. E aquilo que havia sido entendido como jorrinho a bendita subjetividade derruba de vez. É que, quando se está comprando a planta, a gente não se pergunta se aquele jorrinho algum dia poderia se converter em jorro ou se, pelo contrário, poderia continuar se reduzindo e terminar em gota. É surpreendente como um jorrinho, que soa como algo insignificante e anódino, pode chegar a complicar a vida e ser tão letal às plantas. A gente guarda o que o vendedor disse, mas não chega a perceber os sinais de socorro que toda planta dá antes de perecer no mais absoluto silêncio e na solidão espiritual – sustentava Miguel.

Durante todos esses anos, Miguel mantinha a ideia de escrever um pequeno livro sobre sua teoria de como regar flores, plantas, árvores. Ainda não tinha título, mas, com o programa já no ar, vinha escrevendo numa velocidade considerável e queria terminar o mais rápido possível. De repente a campainha soou, mas, como estava imerso em lucubrações, Miguel nem se incomodou em atender. Pouco depois a pessoa insistiu, com claros sinais de que não iria embora sem obter resposta. Já na quinta ou sexta vez que tocou, conseguiu por fim tirar Miguel de seus pensamentos, e ele decidiu acabar com aquela perturbação e despachar o visitante. Tomou impulso sem se levantar da cadeira de rodinhas e deslizou até a porta como se fosse uma tropa militar, mantendo o olhar cravado no olho mágico, como se quisesse passar para o outro lado com a vista e esbofetear com as duas mãos a pessoa que tocava a campainha. Abriu a porta e se deparou com dois senhores bem vestidos, ambos com uma maleta na mão direita. Sim...? – disse Miguel, torcendo para que os senhores houvessem errado de domicílio ou coisa parecida, para assim poder voltar ao que estava fazendo. Por reflexo sua vista se dirigiu ao mais alto dos dois, enquanto sentia como os dedos e munhecas ardiam com a necessidade imperiosa de voltar a escrever o que vinha pensando, sustentando sua melhor expressão de incomodado. Então o mais baixo disse: Miguel, você não se lembra de mim?

{ ELEGIA AO CANHOTISMO – I }

Quando estou sozinho caio nas mais profundas ruminações e as dúvidas metafísicas me deixam exausto. O pensamento começa a girar numa espiral descendente que acaba me asfixiando com perguntas do tipo: por que e para que terei nascido canhoto? Se desde o primeiro dia tentaram me mudar sem muito disfarçar, uma vez que o mundo transita com solenidade pela direita, imaculada e bendita pelo santo dos santos. Nascer canhoto significa no mínimo uma maldição astral. Nascer com a mão canhota é também comprometer a perna, a vista, o ouvido, o cérebro. Nunca existiu, ou ao menos eu não conheci, alguém que fosse canhoto de mão e destro de olfato, ou destro de vista e canhoto de ouvido. Há muitas situações cotidianas angustiantes em que não resta opção a não ser usar a direita para abrir, por exemplo, as latas de conserva, para usar o controle remoto, para dar corda no relógio. A mão direita, como sabe que cedo ou tarde chegará esse momento, se faz implorar. Para aprender a viver neste mundo, não há chance se a gente não esquece que é canhoto. De um momento para o outro, você tem que se converter em quase destro sui generis, mesmo que isso acarrete problemas de personalidade que podem resultar em anos de terapia ou em uma esquizofrenia bipolar aguda.

Numa situação trivial como pode chegar a ser um almoço familiar, servir no prato uma salada usando a mão direita por pura comodidade momentânea pode ser alarmante para o comum das gentes que sabe que na verdade somos canhotos. Nunca falta um parente atento ao movimento e que levanta a voz como se denunciasse uma fraude, dizendo: você não era canhoto? Resta a cada um a tarefa árdua e áspera de se armar de uma profunda paciência oriental diante do olhar expectante da mesa inteira e começar a explicar o suposto embaraço, ocultando o conflito metafísico e ontológico, que visto de fora pode parecer banal e insignificante, mas que persegue todos os canhotos ao longo da vida inteira. **[d]**

05

*Me hice cargo de tu luz*_**LISANDRO ARISTIMUÑO**
{ bit.ly/1gnSqt7 }

Infelizmente não lembro – Miguel respondeu, seco. Pensando cada vez mais nas plantas e no que se poderia definir como um estado de ausência, imaginava o mais baixo todo nu cercado de plantas e flores, para logo acabar transformado em planta. Mas Miguel, como você não lembra! – exclamou o baixinho já se dando a confiança de quem o conhece há muito tempo e, deixando a maleta no chão, começou a dar uns passos de dança e a se mexer ao ritmo de uma música que ele balbuciava à medida que ia recordando. E, enquanto dançava e dava giros como um autêntico peão, o baixinho sorria como uma autêntica marionete de feira. Mas Miguel continuava incapaz de se lembrar. Parou de dançar e, com a pouca voz que lhe restava, disse: sou o Mauricio... Mauricio Recault, fizemos o colégio juntos. Foi então que Miguel percebeu por que aqueles passos de dança lhe pareciam familiares, e num reflexo automático abriu bastante a boca e se deixou tomar por uma torrente de lembranças que o deixou sem palavras, como alguém que sofre um beliscão numa parte muito sensível do corpo e sente uma dor tão grande que não consegue expulsá-la pela garganta. Foi tal o fluxo de recordações que ocupou sua mente, que ele ficou estarrecido. Nem mesmo ele sabia que tinha armazenada em algum canto de sua mente aquela quantidade de lembranças. Pensou em sobressalto como era curioso o funcionamento do cérebro, e se por acaso seria igual nos animais. Imaginou a possibilidade de estocar essas lembranças e recuperá-las quando bem entendesse, num ir e vir ao longo dos anos.

Esses passos de dança traziam lindas lembranças, se é que se pode chamar de lindo algo que já passou e nunca vai voltar a acontecer do mesmo jeito. Seja como for, sem saber que ainda era capaz, atirou-se sobre Mauricio rodeando-o com os braços e, mais que lhe dar um abraço carinhoso, pareceu espremê-lo. Miguel não o soltou até que Mauricio pediu que o fizesse, porque estava ficando sem ar. Miguel não conseguia acreditar que algum de seus companheiros de colégio se lembrasse dele e fizesse o gesto de visitá-lo. Seus anos de ensino médio haviam ficado tão distantes no tempo que ele estava muito emocionado com o encontro. Eles haviam sido colegas de classe, e Miguel costumava acompanhá-lo ao banheiro para fumar, ainda que isso implicasse chegar atrasado à aula e com cheiro de cigarro na roupa, de modo que os dois acabavam acumulando reprimendas da Direção. Aquele colega cativante que decidira, terminado o colégio, ficar em Balcarce para trabalhar no campo com seu pai, plantando batata, agora lhe provocava uma grande surpresa. A mesma batata que, em seu momento de esplendor, fizera de Balcarce a zona batateira por excelência, onde chegou a haver, por muitos anos, um concurso de beleza em que se escolhia, entre as mulheres mais bonitas da cidade, a rainha da batata. Um concurso que, pensando bem, era bastante paradoxal e bizarro, como se alguém pudesse estabelecer alguma relação coerente entre batatas e mulheres, ainda por cima vinculando-as em termos de beleza estética.

Passaram muitas horas entre recordações que estouravam como fogos de artifício, se inteirando de tudo. Miguel se deixou envolver pela nostalgia e quis saber sobre sua cidade, os demais colegas, os lugares que costumava frequentar, e sobre sua família. Mas Mauricio não foi capaz de saciar por completo suas dúvidas, já que fazia alguns anos que se mudara para Buenos Aires e só voltava de vez em quando, se o dinheiro permitia. Deixara Balcarce quando nasceu seu primeiro filho e, junto com a mulher, decidiu procurar o futuro em outro lugar, porque em Balcarce, como sabido, se você não se dedica ao campo está perdido.

Antes que o sol caísse, Miguel mostrou a eles o jardim e o que ele estava fazendo quando chegaram. Contou o plano de reestruturar o jardim, frisando cada detalhe como se eles fossem aspirantes a ajudantes de jardineiro. Pelo tom de voz com que Miguel se referia ao jardim, notavam-se os sentimentos que lhe despertava e o lugar que o jardim ocupava em sua vida. O mesmo acontecia com Mauricio ao falar de seu filho primogênito, Robertito. De tanto recordar, Miguel começou a sentir uma dor de cabeça. O enorme esforço implicado em trazer à tona situações do passado o deixou exausto de uma hora para a outra.

Mauricio contou que começara a trabalhar num canal de televisão. Entrara como estagiário, mas passados três anos havia sido promovido a Chefe de Programação. Já fazia anos que vinha acompanhando a carreira de Miguel e o sucesso que ele alcançara, de modo que não foi tão difícil encontrá-lo e retomar assim o contato. Mauricio notou a expressão de cansaço de Miguel, e, como não queria tomar mais tempo e nem deixar o assunto para outro dia, foi direto ao ponto. Brincando com os dedos, como se travasse consigo mesmo uma guerra de polegares, comentou que tinham uma proposta para lhe fazer. Sem esperar que ele perguntasse de que se tratava, e sabendo que Miguel recebia várias propostas por dia, apressou-se em dizer com a clara intenção de atrair sua atenção: ninguém até hoje lhe fez uma proposta como esta. Então aproveitou para fazer um silêncio e verificar se Miguel mostrava algum mínimo interesse. Olhou para seu companheiro, que continuava sem pronunciar palavra, voltou a olhar para Miguel e sorriu com prazer, sabendo que o que trazia era algo novo e espetacular, e que significaria um verdadeiro marco na história da televisão e, é claro, na vida de Miguel. Era um desses fatos a partir dos quais se definem um antes e um depois. Por tudo isso, tem que ser você, e ninguém mais, o protagonista – disse Mauricio com convicção. Interrompeu a guerra de polegares, declarando vencedor o polegar direito, e soltou em câmera lenta as primeiras palavras da proposta: *re-a-li-ty show*.

Apoiou a mão direita do polegar vencedor no joelho de Miguel para criar um instante de emoção e, olhando bem fixo para ele, disse: o que eu venho propor é um grande negócio, uma oportunidade que ninguém nunca lhe propôs; por isso, como conheço você, tomo a liberdade de fazer e garanto que você vai adorar porque é sumamente nova não só na Argentina, mas no mundo inteiro. Algo que não foi pensado por nenhum alemão, nenhum francês, americano, japonês ou chinês, que são todos iguais, e nem mesmo por algum holandês. Por ninguém! – nesse ponto, emocionado, estava com as mãos nos ombros de Miguel e o sacudia enquanto falava. Isto é, e para que você não tenha dúvidas, fomos nós os primeiros a criar a ideia e já a patenteamos na Europa Ocidental, na Ásia, nos países nórdicos, que adoram essas ideias, e na América inteira. É uma ideia tão perfeita que não podemos estragá-la contratando qualquer galãzinho de meia tigela que esteja neste momento na televisão e que acabe pondo a perder tamanho projeto. Dito isso, pediu a seu acompanhante que ligasse a televisão que havia ali em frente e, zapeando, foi mostrando exemplos do que queria dizer. Depois de alguns minutos de silêncio, continuou: com toda a franqueza eu lhe digo, você é a pessoa mais que ideal para esse produto televisivo tão original.

{ ENTRE A IMPONTUALIDADE BENÉVOLA E MALÉVOLA }

Sempre sustentei com veemência que os menos pontuais são os que usam relógio, enquanto os que não usam, como eu, são pontuais ao extremo, ou, no pior dos casos, impontuais benévolos por chegar antes do combinado. Nunca vou me cansar de recriminar os impontuais por sua ignorância porque, já que você vai ser impontual, pelo menos que seja benévolo e não malévolo. Além disso, defendo até a morte que a impontualidade malévola é premeditada, a ponto de ser consciente e de se calcular nos mínimos detalhes como, por que e quando se chega tarde. Para piorar, sempre culpam algum fator externo e até se gabam de ter o relógio adiantado para evitar os atrasos, o que nunca funciona. Assim, provocam um duplo prejuízo: primeiro para quem tem que esperar e, segundo, mesmo que não notem, para si mesmos, porque criam um precedente negativo e podem chegar a ser vítimas de uma convocação com hora inventada, com o propósito encoberto de calcular o atraso, e justo nessa ocasião decidir chegar na hora, encarando o fiasco.

No outro tipo de impontualidade, em compensação, o único prejudicado é o impontual, por chegar mais cedo. Quem não conhece gente que até confessa sentir vergonha de chegar antes do combinado, mas não de chegar tarde! Não se deve pensar que ser pontual e defender a pontualidade sejam tarefa simples. Acontece algo semelhante com os fumantes passivos. Nunca passa pela cabeça das pessoas que fumam feito sapos (pobres sapos, vai entender por que acabam metidos neste assunto) que, ao fumar, estão nesse preciso instante fazendo fumar de graça todos os que estão ao seu redor. Quando tranquilamente caberia, ou poderia caber, na mente de qualquer fumante passivo com dois dedos de testa a ideia de protagonizar uma cena de extrema violência contra os fumantes ativos que ousem intoxicar o ar num lugar público. Mas o indignante da questão é quando os senhores fumantes ativos se recusam a apagar o cigarro diante do pedido amável de quem não fuma. Nunca lhes ocorreria pedir permissão para acender um cigarro, mas, em troca, se recusam a apagar. Não percebem que, mais que um simples cigarro, são dois ou três minutos a menos que lhes restam em suas vidas. Isto é, que fumando um cigarro não estão apenas pitando e inalando nicotina, mas também fumando uma quantidade xis de tempo de sua própria existência e encurtando, além disso, a dos demais.

Como toda tragédia tem sua parte cômica, podem ser ridículas, a ponto de deslocar a coluna de alguém de tanto rir, as caras que alguns fumantes fazem naqueles três a cinco segundos que dura cada pitada. Se eu fosse fotógrafo, montaria uma exposição capturando essas expressões e daria como título: "Sentir que a vida é uma pitada". **[c]**

06

*Compass*_**JAMIE LIDELL**
{ bit.ly/1kMAGGg }

Dizia e, ao mesmo tempo, não dizia nada. Mesmo parecendo que ele lhe contava o assunto, Miguel tinha a sensação de que não contava tudo. Então começou a perder a paciência. Mas Mauricio, como trazia o discurso preparado, não podia pular nenhuma etapa, de modo que decidiu apressar o ritmo com receio de que Miguel se cansasse ou dormisse ali mesmo. E não somos só nós que pensamos assim. Realizamos uma pesquisa externa com gente que passa o dia vendo televisão e os resultados demonstram o que intuíamos: que você é o melhor, o indicado, o escolhido. Diante de tantos elogios e num ataque de humildade, Miguel começou a ficar curioso por saber do que se tratava. Por isso fez cara de interessado em escutar qual era a proposta. Pediu que continuasse contando. – Ah, parece que lhe interessa, e isso que eu ainda não contei nada – sorriu Mauricio fazendo-se de astuto, e quis rir, mas forçou tanto a garganta que só lhe saiu uma careta falsa de quem simula o riso. – Pode ser que me interesse, mas até você me contar do que se trata não vou poder decidir e, além disso, estes dias meu *manager* está fora da cidade, então eu vou ter que esperar que ele volte para dar a resposta definitiva – respondeu Miguel meio que se desculpando.

Mas me conte que eu sou todo ouvidos, cara! Mauricio, que sabia muito bem como tratar pessoas como Miguel, que gostavam de dilatar os negócios importantes, apressou o passo: Rafael já está informado. Antes de sair de férias, pediu que eu enviasse tudo por e-mail e respondeu que eu devia lhe contar pessoalmente, e que, se você aceitasse, para ele estava bom. Miguel se surpreendeu um pouco, mas Mauricio já expunha ante seus olhos a cópia do e-mail de Rafael. Como você já deve saber, os tempos da televisão são tirânicos, e o canal quer lançar esse produto já. Por isso, amanhã temos que começar a pré-produção do nosso produto, para tê-lo em mais ou menos dois dias. Imagine que, se agora você é reconhecido na Argentina, com este programaço a sua fama se estenderá por toda a América Latina e a Europa, não só na Espanha, onde já assinamos a venda do programa, mas também na Itália, na Rússia, no Reino Unido e na Holanda, onde também estamos por fechar. Você vai se firmar na mente de todas as pessoas para sempre. Isso não tem preço, Miguel.

O programa vai passar em *prime time*, e dura no máximo 21 horas. Nele você seria, ou melhor, será o único protagonista. Sim, você me escutou bem. Não haverá nenhum outro ator ou atriz acompanhando, e também nenhum apresentador para limitar ou amenizar o programa. Só estará lá a câmera, o povo em suas casas e nas ruas, e você. E o melhor de tudo é que vai ser ao vivo. O povo gosta mais dos programas ao vivo, porque assim aproveita o frescor do momento. Nesse ponto, Miguel estava atentíssimo a cada palavra que Mauricio pronunciava e de vez em quando espiava o Comprido, que se limitava a aprovar com a cabeça tudo o que se dizia. Isso aqui é um sucesso certeiro, não tem erro. Além disso, eu lhe faço uma confissão, mas que fique só entre nós. Os produtores estão dispostos a lhe dar o que você pedir. Conto isso porque estamos entre amigos – sentenciou Mauricio observando de esguelha como o Comprido erguia ambas as sobrancelhas até que elas quase se confundissem com os cabelos. Se você me responder que sim, já temos meia dúzia de marcas apalavradas que vão pagar para aparecer no programa. Miguel já estava com os ouvidos quentes, e dava para notar que estava ansioso para saber de uma vez por todas. Mas Mauricio, que não perdia nenhum gesto do rosto ou do corpo de Miguel, continuava administrando os tempos, convencido de que terminariam na assinatura do contrato a qualquer momento. Como sentiu que Miguel estava na crista da onda, já onde ele queria, arrematou como se se tratasse da parte final de um feitiço: é um negócio perfeito, desde o começo, porque dura só um dia, quer dizer, um capítulo, em que mostraremos um dia do começo ao fim na vida de Miguel, e nada mais. Sem roteiro, só algumas pautas, e as locações serão a sua casa e a rua. O impacto será tão forte que vai ficar gravado na mente de todos os telespectadores e também na daqueles que não puderem ver, já que todos os meios vão acompanhar esse sucesso. Apesar de ser gravado para guardar registro, no próprio contrato existe uma cláusula que proíbe a reprise oficial em qualquer suporte por parte de nossa emissora. De modo que vai ser único e irreprodutível, como você, Miguel, o que fomentará a sua conversão em mito. Essa será a ponta de lança da nossa propaganda do programa, porque quem não assistir nesse dia vai perder e não vai fazer parte da história da sua vida. Ainda que pouco depois se encontre na internet, não será da mesma qualidade, só uma cópia ruim e não autorizada. E por que vai durar tão pouco? – Miguel pensou em perguntar ainda um pouco desconcertado. Então, você ouviu falar do fenômeno dos *reality shows*? Miguel negou com a cabeça, um pouco envergonhado. Não se preocupe, Mauricio se apressou em responder, é um formato novo para a televisão. Mas isso que temos em mãos vai muito além, supera tudo o que foi visto até agora e muito mais. É preciso levar em conta que esse tipo de formato não tem nem dois anos, é a novidade da novidade. Isto que estou dizendo ainda não chegou ao país. E, a partir daí, nós idealizamos uma coisa muito mais direta e curta, pretendendo assim que você entre para a história do espetáculo, e por que não, que se construa uma estátua sua no Hotel Hermitage de Mar del Plata, e que nós criemos um marco na história da televisão argentina e, talvez, mundial. Porque não tem nada a ver com nenhum programa realizado até hoje. Temos tudo a ganhar.

Dito isso, Mauricio ficou olhando para Miguel num silêncio de suspense total. Num arrebatamento de exaltação, Miguel se levantou de repente e, com uma alegria que já não podia conter por todos os elogios que escutara, sentenciou com convicção: vamos lá, pode contar comigo e que seja o que deus quiser. Numa espécie de festejo,

Mauricio começou a aplaudir e pediu ao Comprido que sacasse o contrato. – Eu sabia, tinha certeza que você ia aceitar porque você é uma pessoa idônea, é perfeito para o papel e, além disso, é meu amigo. Isso demonstra seu profissionalismo e sua entrega incondicional ao público, já que é a ele que você deve e a ninguém mais. É por esse tipo de gesto que seus fãs e o público geral nunca esquecerão você e serão eternamente gratos. Com a caneta que Mauricio estendeu, Miguel assinou o contrato e disse: mas ainda não tenho clareza do que tenho que fazer. Não se preocupe, Mauricio respondeu, nossa equipe se encarregará de tudo, você está nas melhores mãos. Em seguida pediu ao Comprido que lhe passasse o roteiro. Enquanto Miguel olhava o roteiro, Mauricio esfregava as mãos sem parar esperando que ele terminasse de ler. A folha em si não tinha muita coisa escrita, marcando apenas algumas locações, como o Obelisco, a Avenida 9 de Julho e a Avenida Corrientes, e o trecho que vai da Avenida del Libertador até o Obelisco. Isso era tudo o que havia e, linhas abaixo, aparecia escrito "Para improvisar" com dois pontos em seguida.

Mauricio então pediu algo para beber e celebrar o contrato, mas a Miguel só ocorreu trazer uma jarra d'água com limão. Um pouco mais solto, Mauricio começou a interrogá-lo para averiguar como era um dia na vida de Miguel. Ainda que o programa dure um dia, começará assim que você acordar como se fosse um dia qualquer seu, você vai fazer o que sempre faz, e a câmera vai estar lá para captar tudo o que você faça. Não sei o que você costuma fazer de manhã, conte um pouco... Com certa timidez, Miguel começou a pensar enquanto falava: quando acordo tipo vinte para as nove, tomo o café escutando o rádio, depois tomo uma ducha para despertar de vez, acima de tudo para que o sono não dure até o meio-dia, e saio ao jardim até meio-dia e pouco. Passo a manhã inteira plantando, regando, cuidando e conversando com as minhas flores, plantas e árvores. Sempre tem alguma planta nova para colocar, ou alguma para trocar de lugar, outra que precisa de fertilizante ou de algum mimo extra. Depois, quando vai chegando a hora do almoço, tomo um banho e, ao sair, a comida já está pronta. Mauricio o interrompe: – você toma banho de novo?! – Não, de manhã eu tomo uma ducha, e na hora do almoço eu tomo banho, o que não é a mesma coisa. Quando eu tomo banho fico quase uma hora dentro da banheira, curtindo a imersão com sais orgânicos japoneses, que são uma maravilha, e enquanto isso assisto um pouco de televisão ou vejo algum filme. Mauricio fingia fazer anotações para preencher a parte "Para improvisar:", mas pensava que disso não conseguiriam tirar nada de atraente para o público e decidiu que seria melhor inventar uma história que desse emoção e sentido ao programa. Por respeito, e para não lhe cortar a inspiração, deixou que Miguel continuasse seu relato: em geral, almoço leve e tiro uma sesta de meia hora a quarenta e cinco minutos, para clarear as ideias e para não ficar com sono às seis da tarde. Acordando da sesta, é como se o dia começasse de novo. A noite é uma só, mas para mim o dia são dois. Essa frase Mauricio achou muito eloquente e a anotou trocada: "o dia é um só, mas para mim a noite são duas". Às vezes aproveito para ditar a Rafael as respostas das cartas dos meus fãs. Isso me ajuda a alimentar a imaginação. Em algum momento da tarde, enquanto faço ginástica e assisto ao meu programa preferido sobre famosos, ajudo Silvia a preparar a lista do supermercado. Nos intervalos publicitários brinco de preencher as palavras cruzadas, mas elas têm sido cada vez mais repetitivas e me entediam um pouco. Quando faço uma hora ou uma hora e meia de ginástica, e Silvia já voltou do mercado, peço que me prepare a jacuzzi, onde fico até a hora do jantar ou, se fui convidado para jantar em algum lugar, por volta das dezenove começo a me preparar porque demoro uma enormidade para encontrar algo adequado para vestir. Quando já pensei o que vestir, é quando Rafael e eu somos mais ou menos pontuais, porque quase sempre são jantares de trabalho. Acho que isso é mais ou menos o que eu costumo fazer, e que não estou me esquecendo de nada.

Mauricio aproveita a pausa para intervir em cheio. – Bom, está bom assim. Algumas dessas coisas vamos usar para o roteiro, mas outras vamos ter que descartar. Também, não se preocupe, porque, como eu já disse, temos uma equipe por trás para que o programa seja a chave de ouro da sua carreira espetacular e até da sua própria vida. – Você sempre foi tão exagerado assim, hein? – disse Miguel sem conseguir evitar ficar um pouco vermelho – e, olhando-se, os dois começaram a rir. Para que você veja a seriedade do projeto e o quanto estamos convencidos de que você é a pessoa certa, a produtora do canal quer que você receba um percentual dos lucros sem colocar sequer um peso. O Comprido, que até esse momento não havia dito nada, diante da surpresa de Miguel declarou: – Sim, Miguel, porque ter você como única estrela do programa nos garantiu a venda em quase toda a América Latina e em vários países da Europa e da Ásia.

Mauricio envolveu Miguel com o braço direito e, depois de um suspiro profundo, pronunciou: – Ai, Miguel, quantas pessoas gostariam de estar no seu lugar! Sem dúvida nenhuma, você vai virar a pessoa mais famosa do mundo, mais até do que o próprio Papa, mais que Rubén Peucelle, a Cicciolina ou o Pelé.

{ O CAMPO DE CONCENTRAÇÃO MODERNO: A ACADEMIA }

Outro momento trágico e cheio de paradoxos é a academia, e como ela se converteu num campo de concentração moderno, aprovado pela sociedade, pelos governos e pelo mundo inteiro.

As academias sempre me pareceram ter algo de tortuoso, de inconsolável sofrimento sanguinário. Enquanto os outros, e sobretudo o professor, gozam e dão a pauta, a gente é vítima de um maquinário atroz e maquiavélico. Agora que já passou bastante tempo desde a última vez, entendo por que nunca gostei e nunca passei mais de dois ou três meses numa academia. Agora que o serviço militar é voluntário e que as ditaduras deixaram de ser o que eram, na maioria dos países democráticos floresceram estes lugares que não são outra coisa senão monumentos à tortura socialmente aceitos. A gente acha que vai lá para "trabalhar o corpo", para moldar e tornear os músculos e fazer exercícios para manter a forma física. Isso talvez aconteça nas primeiras semanas, mas logo a gente começa a se submeter a uma pressão e a uma manipulação psíquica e física absurdas. Prestando atenção, toda academia acaba sendo um antro de leões de chácara e gente mal-encarada que, em vez de utilizar os velhos Falcon verdes da ditadura, se valem de óculos escuros e motocicletas no melhor estilo Terminator.

Não que eu me oponha a fazer exercícios, a se esforçar por um corpo saudável ou a manter-se bem à medida que passam os anos. Mas, nesse caso, estamos mais perto de Auschwitz do que dos preparativos para uma maratona. O mais curioso é que a sociedade, em sua grande maioria, vê com bons olhos essa prática, aceitando e permitindo que esses lugares existam e proliferem. Não entra na minha cabeça como as pessoas, e a sociedade toda, toleram tamanho fantoche. Se algum dia eu virasse prefeito de Balcarce, a primeira coisa que faria seria proibir por decreto esses lugares e botar na cadeia todos os leões de chácara prepotentes. **[b]**

07

*Paradise Circus_* **MASSIVE ATTACK**
{ bit.ly/1jvpMG4 }

Já com o contrato debaixo do braço, Mauricio começou a comentar como era o projeto de verdade. Em linhas gerais, porque sempre, como você sabe, podem surgir imprevistos de todo tipo: você vai ser seguido por várias câmeras durante um dia inteiro. Mas, cuidado, não vai ser um dia qualquer. Isto é, vamos apresentar como se fosse um desses dias bestas, mas, com o avançar das horas, o dia se tornará o melhor da sua vida. Porque vai ser por esse dia que os seus fãs e os telespectadores em geral vão se lembrar de você pelo resto das suas vidas. O genial e a maior novidade é que esse produto não terá processo de edição, de modo que o que a câmera captar é o que vai ao ar. Quer que explique? É genial! Suponha que você acorde na hora de sempre, tome café e saia ao jardim por um momento, tome uma ducha ou um banho, o que você achar, e vá almoçar com Mirtha Legrand; se você quiser, podemos acertar isso. Durante o almoço você pode aproveitar para mandar beijos e saudações a toda a sua família que com certeza estará assistindo, isso sempre cai bem para comover os telespectadores. Acaba o almoço, ou antes que acabe, você sai rápido para uma rádio onde vai ser entrevistado por uma linda modelo, o que também vai estar acertado previamente, e, depois de terminar a entrevista, você a convida para dar uma volta no seu carro e ela aceita emocionada. Depois de tudo isso já são umas cinco da tarde, e do nada aparecem uns paparazzi que começam a assediar você com todo tipo de perguntas e inventam que está correndo o boato de que ela é o amor da sua vida. Você não aguenta a pressão e, segurando a mão dela, abre caminho correndo até o seu carro, saindo com toda a pressa. Os paparazzi não ficam para trás, em vez disso começam a perseguir vocês. Depois de várias tentativas frustradas de despistá-los, você consegue se livrar deles e para o carro, triunfante, no estacionamento de um hotel da Panamericana. Sem dizer nada a ela, você a ajuda a descer. Vocês entram abraçados no quarto fazendo piadas sobre a história dos paparazzi, mas ao ver a cama se atiram sobre ela e fazem amor sem qualquer controle, como se estivessem em queda livre. Ficam ambos adormecidos e nus como se fossem um quadro renascentista – Mauricio fez uma pausa com uma expressão de feliz aniversário (pela cabeça de Miguel passou a ideia de que Mauricio também era um aficionado dos anacronismos como ele, mas preferiu não dizer nada). Você acorda, sai da cama sem que ela perceba, se veste e, deixando na mesinha de cabeceira o dinheiro necessário para pagar o quarto, sobe no carro. Em poucas horas você tem que dar um show para arrecadar fundos para uma campanha da Unicef, por exemplo, e o lugar escolhido é nada menos que o Obelisco. O show começa por volta das dez e meia da noite, e o rádio do seu carro diz que são quinze para as dez, sendo que lhe falta um tanto para chegar. Você liga para o seu *manager* e pede que não se preocupe, porque você está a caminho. Você pisa fundo no acelerador, aproveitando que a avenida não está muito carregada. Já à distância vê a multidão que o espera com ansiedade, e dá umas voltas para poder deixar o carro o mais perto possível do palco. Chega em cima da hora e não tem tempo nem para trocar de roupa ou para ser maquiado. Tudo está preparado para que você apareça no palco. Seu *manager* lhe pede explicações porque já não tem mais unhas para roer. Montado nas cordas de sustentação do palco, você vê que todos os canais de televisão e todas as rádios e os meios impressos estão cobrindo o evento. Você aparece de súbito no palco com um sorriso que não cabe no rosto e com os olhos cegos de tanta emoção e frivolidade. Sem pronunciar palavra, faz um sinal no ar indicando o Obelisco que está logo atrás de você. De imediato, começa a andar para trás sem deixar de olhar os milhares de pessoas que estão ali para escutar você. Dá cinco ou seis passos e gira sobre o próprio eixo para desaparecer atrás da cortina preta. Depois de quase duzentos e setenta e cinco segundos, você reaparece na janela minúscula na ponta do Obelisco, fazendo-se notar com a ajuda de um megafone.

De repente tudo se precipita, e, como numa brincadeira de siga o chefe em que você é o chefe, você só deve obedecer ao seu destino, que é esse. Arrebatado pelas luzes e pela multidão, você começa a tirar a roupa e a jogar cada peça por uma das janelinhas, com a intenção de que caiam em cima dos seus fãs ou dos que aparentemente são seus fãs. Você fica de cueca, vestindo também uma camiseta apertada, como aquela que seu avô usava. Ali mesmo você percebe que entrou numa espiral anacrônica da qual você não é capaz de sair. Todo seu ser o remete ao anacronismo e, num instante de lucidez, você não consegue aguentar e sobe em uma janelinha até acomodar metade do seu corpo no vazio e, sem titubear, se joga como uma pipa, mas sem que nada o faça flutuar no ar, com a ideia de cair em cima da multidão de fãs tal como você quis fazer com a sua roupa, como um ato de total devoção e entrega.

Mauricio termina o relato cansado, possuído pela frenética concatenação dos acontecimentos. Miguel, atordoado, não consegue se livrar do espanto, até que toma coragem para dizer:

– Você está tirando com a minha cara? – indagou com um riso nervoso.

– Que foi? Se você não gostar do Obelisco, a gente procura outro lugar. Pensamos no lado metafórico, é um ícone, mas, se você prefere a Casa Rosada ou a ponte da Mulher ou o Hotel Faena, trocamos. Isso é o de menos. Mas você não vai negar que a ideia é genial.

– Deixe eu ver se entendi bem – pronunciou quase gaguejando. – Você está propondo que eu me suicide ao vivo e em cores, e que meu suicídio seja televisionado? – À medida que a frase avançava ele aumentava o tom de voz.

– Bom, se você coloca nesses termos, sim, mas pense que você vai ser a primeira pessoa do mundo, não só da América Latina, a protagonizar um programa desse calibre. Com isso todos nós nos consagramos, entende o que eu quero dizer? Não é um simples suicídio, mas a sua consagração como artista.

– É, serei o primeiro e o último. Me diga de que vai me servir a fama se não vou poder usufruir dela já que vou estar mor-to – exagerou a ênfase da última palavra.

– É justamente isso, Miguel, esse é o ponto fulcral da questão. Não haverá ninguém no planeta e nem no mais além que não se lembre de você. Você vai ter a mesma repercussão, senão maior, de quando o homem pisou na Lua!

– Vocês estão mais loucos que um queijo de cabra – ele soltou com olhar assustado. Vão para a puta que os pariu! Por que merda não vão procurar outro imbecil?

– Porque não teria o mesmo impacto, não teria o mesmo sentido – disse Mauricio tentando lhe transmitir calma. – Só por isso. Não dá para comparar. Acho estranho, Miguel, que você não perceba! Você não faz ideia da quantidade de pessoas que estão esperando o momento em que você se converta numa estrela com todas as letras. Sem ir muito mais longe, pense o que teria acontecido se a morte de Kurt Cobain houvesse sido televisionada. Imagine que os milhões de pessoas que admiram você, e os que ainda não, vão estar vidrados na tela da televisão presenciando esse momento histórico. Ninguém vai perder esse marco televisivo! Posso garantir. Em menos de um minuto, ou o que dure a queda, você vai passar de mero conhecido no mundinho da moda a estrela de fama mundial da qual ninguém, absolutamente ninguém, conseguirá se esquecer. E vai ser conhecido por pessoas que ainda não nasceram, você vai ser imortalizado. No dia seguinte, e pelo tempo que dure a humanidade, todos os meios de comunicação falarão de você e o perpetuarão de uma forma ou de outra por séculos e séculos.

– Nisso você tem razão, mas...

– Nada de mas, os mas são para os fracassados e para os medíocres, ou para as estrelas de meia tigela que quase não têm brilho. Você nasceu, me escute bem, para outra coisa, e não para acabar sendo alvo dos programas de fofocas que preenchem os horários mortos dos canais, nem para ser o apresentador de um programa medíocre de domingo à tarde, que só lhe serviria para que você pudesse se aposentar plantando flores no seu jardim. É isso que você quer? Você tem material para outra coisa, para algo maior. Como amigo é que eu lhe digo...

– Aprecio seu conselho, mas estamos falando de perder a minha vida e...

– Não se preocupe, vamos nos encarregar de que você não caia em cima de ninguém. A organização e a segurança são por nossa conta. Você só tem que se concentrar na sua parte.

– Entendo o que você me diz, mas não vai existir amanhã para mim, não vou poder curtir nunca mais o meu jardim, nem ver novela, nem fazer palavras cruzadas ou listas de supermercado. Nada de nada.

– Você está enganado, Miguel. Muito pelo contrário. Existirá não apenas o amanhã, mas toda a eternidade, só que de outro jeito. Que mais um artista pode pedir além de permanecer para sempre no coração e na mente das pessoas que o amam e idolatram? De que lhe serviria chegar a ser velho e que seus fãs o vissem com uma bengala, cheio de rugas e todo curvado? Assim vai chegar o momento em que ninguém se lembrará de você, porque vai aparecer alguém mais jovem, ou só vão se lembrar de você com nostalgia pelo que alguma vez você foi. É isso que você quer? E, para piorar, você teria que aguentar que os programas de fofocas vivessem atrás de você, tirassem fotos comprometedoras suas sem lhe dar descanso, só para conseguir publicar a notícia mais suja e a foto mais humilhante, para vender feito pão quentinho. Talvez agora, neste momento, você não consiga enxergar, mas pode acreditar que é assim. Em compensação, com isto eu posso lhe garantir que você vai ser o mais famoso e lembrado de todos os tempos, mais até do que Bogart, Mastroianni, Garmaz, Newman, mais do que todos eles juntos. Além disso, considere que mais cedo ou mais tarde todos morremos, e que você tem diante do seu nariz a grande oportunidade de morrer com estilo. Os outros, como ele ou como eu, estamos destinados a morrer sem que ninguém fique sabendo, sem nenhuma originalidade, sem emoção, sem suspense; nós morremos e pronto, ninguém se importa. Nós morremos e o mundo segue em frente, a vida continua. Mas você, Miguel, você tem nas suas mãos a chance de morrer como um grande, como nunca ninguém morreu. Só espero que ninguém se adiante e execute essa ideia antes que nós. Você nasceu para ser a estrela que você é e mais, e não pode morrer como um qualquer. Muitos que se achavam grandes estrelas não receberam nenhuma proposta de dar esse grande passo para a consagração, e também não tiveram a ideia... O que aconteceu com eles? Morreram que nem gente comum, sendo carne de canhão dos programas de fofocas, e hoje em dia ninguém lembra mais. Você tem a chance de se converter em um morto vivo que permanecerá na mente, no coração e na carne de todo mundo, de todos aqueles milhares e milhares de pessoas que seguem você, que adoram você, que o admiram, e que sempre quiseram ser como você, viver como você, morrer como você, se tivessem essa sorte. E, me diga uma coisa, quem daria bola se qualquer pessoa anônima e ordinária quisesse se atirar do Obelisco? Quem se interessaria? Ninguém; sairia como uma tragédia num jornal local e no dia seguinte só os parentes mais próximos se lembrariam.

Quando deram por si já havia caído a noite, e o rosto de Miguel refletia sentimentos diversos que ele era incapaz de distinguir nesse momento.

– Mauricio, agradeço a sua proposta, mas preciso refletir um pouco, discutir o caso com o travesseiro. Posso responder amanhã?

– Por ser você, um amigo da adolescência, vamos esperar até amanhã – Mauricio sentenciou em tom compreensivo, na esperança de que a decisão de Miguel fosse favorável. Você sabe que eu tenho muito apreço por você e não viria lhe propor uma oportunidade dessas se não pensasse que é, como eu lhe disse, a chave de ouro, a cereja do bolo.

– A verdade é que eu agradeço que você tenha pensado em mim e que a gente tenha se reencontrado depois de tanto tempo. Amanhã sem falta eu ligo e dou minha resposta definitiva.

Mauricio e o Comprido foram embora sem lembrar Miguel de que ele havia assinado o contrato, para não provocar uma rejeição antes do tempo ou uma má disposição futura. Embora a assinatura não lhes assegurasse a participação definitiva de Miguel, ela poderia funcionar como uma ferramenta para insistir, se fosse o caso, com a ameaça de envolver os advogados do canal. Mauricio e o Comprido subiram no carro sentindo que tinham o negócio quase fechado, e no primeiro bar que encontraram começaram a festejar como se de um ritual se tratasse.

Miguel ficou com a mente carregada de uma miríade de sensações, pensamentos, lembranças. Apoiava a cabeça na porta por medo de que caísse. De repente suas lembranças o levaram à adolescência. Valendo-se de cheiros e sabores, tentou voltar no tempo o máximo que pudesse, mas ficou aflito porque não conseguiu recordar muito daqueles anos distantes. Tudo aparecia como uma massa compacta e amorfa, sem começo nem fim precisos. Renegou, se deu por vencido, voltou a insistir. Contudo, não chegou além de sua decisão de vir para a Capital. Como se lhe houvessem apagado ou roubado as lembranças de infância e adolescência. Cabisbaixo, decidiu se interrogar diante de Valentín, posicionado no hall de entrada. Parou primeiro observando um perfil, depois o outro, voltou a se posicionar de frente e ensaiou alguns gestos e movimentos que lhe sobrevieram no momento como inspiração instantânea, sem perceber que eram sempre os mesmos. Girou em seu eixo algumas vezes, acabando sempre diante do espelho. Primeiro para um lado, depois para o outro, para evitar ficar enjoado, mas não conseguiu. Imaginou-se vestido com um terno de cores brilhantes e manchas do tamanho de maçãs. Sentou-se no chão para que o enjoo passasse e pensou para si: O que seria da minha vida sem os benditos espelhos, meu deus! Sua avó, que era dessas pessoas que não perdiam uma missa, costumava dizer que Deus não era o de antes, agora seu nome era usado em qualquer frase, sem importar o sentido, como: "que frio, meu Deus!", "como está tarde, meu Deus!", "como chove, meu Deus!". De uma imagem religiosa passou a ser uma mera expressão pronta, mais um modismo nos tempos modernos que correm. A culpa é dos meios de comunicação porque fizeram da fé um comércio e uma moda – queixava-se sua avó.

Entre essas lembranças anacrônicas ou anacronismos lembrados, caiu no sono ao pé do espelho tentando já de maneira inconsciente lembrar e sonhar com aquela infância que ele sabia que tinha, mas duvidava que lhe pertencesse. Um ruído muito similar a um ronco o acordou e o sobressaltou, porque não sabia que roncava. Foi tomado pela sensação de ter sonhado com sua infância na forma de capítulos de uma minissérie, mas não lembrava nada. O que sim lembrou foi que ligava, com seu telefone sem fio, para todas as vidraçarias do bairro para que lhe trouxessem com urgência todos os espelhos de corpo inteiro que coincidissem com sua altura e sua silhueta. Seu objetivo era preencher todas as paredes da casa com espelhos, como se isso, de alguma maneira, o ajudasse a tomar a decisão correta com relação à proposta de Mauricio. Imaginava que nenhum movimento, fosse na direção que fosse, ficaria fora do alcance de pelo menos um espelho. Isso o deixava para lá de feliz porque agora ele se veria sem ter que pensar nisso. Era como protagonizar um Big Brother, mas para si mesmo.

Foi dormir exausto, pensando e repensando na decisão que devia tomar. De alguma forma, era um tipo de fama eterna ou de imortalidade, mas ele não sabia o que fazer. É claro que sabia que tudo tinha seu preço. Devia se apressar para confirmar seu desejo de participar antes que escolhessem outro? Mas quem além dele poderia protagonizar como ninguém aquele programa e convertê-lo num sucesso garantido? E quem não buscaria a imortalidade?! Com essas interrogações e convicções, seus olhos foram perdendo terreno ao sono e acabaram perdendo de goleada.

Quando acordou na manhã seguinte, o céu estava carregado, mas não chovia. O bairro estava em silêncio, e sua casa era reflexo direto disso. Ainda não eram nem sete horas, e Miguel não conseguia continuar na cama. Já cansado de se remexer, levantou e começou a caminhar por toda a casa se olhando a cada passo que dava, sem pretender fazê-lo, em algum de seus tantos espelhos. Estavam mais que limpos porque ele pedia a Silvia que os limpasse duas ou três vezes por dia. Para que ficassem do jeito que Miguel queria, primeiro deviam ser borrifados com água destilada e secos com papel de jornal. Quando o papel absorvesse toda a água, começava a segunda etapa, que consistia em passar neles o pano mais velho que encontrasse com algumas gotinhas de perfume, o mesmo que Miguel usava, esfregando milímetro por milímetro até cobrir toda a superfície. Para finalizar, Miguel lembrava Silvia que devia deixar cada espelho repousar uns vinte ou trinta minutos, para que o perfume penetrasse o máximo possível. Quando os dias estavam nublados, ele não gostava de ficar no jardim. Então, para acalmar os ânimos enquanto a proposta continuava revolvendo sua cabeça, em vez de água destilada começou a passar a língua nos espelhos e, de imediato, o papel do jornal. Assim foi cobrindo com sua saliva a superfície de mais de cem espelhos que tinha, espalhados por toda a casa. Como estava sozinho, num dos espelhos começou a ver se os pelos do nariz tinham despontado de novo e se os pelos da orelha já começavam a crescer. Para ele não existia nada mais horripilante que saber que era possível que aparecessem pelos nas suas orelhas. De tanto se olhar no espelho, cruzou por sua mente uma rajada de luz, um estalo, que o sobressaltou e num segundo mudou por completo seu semblante. Sentiu, por sua vez, como se essa rajada estranha mudasse algo dentro de seu cérebro, algo mínimo mas transcendental que o fez precipitar-se ao telefone e, sem pensar, discar o celular de Mauricio. Ao se dar conta de como estava excitado com o que estava prestes a fazer, conteve a respiração ao escutar a voz um tanto adormecida do outro lado que dizia: aalôooo, alôoo? Sem se identificar e nem dar bom dia, soltou uma catarata de palavras num só fôlego que quase levou Mauricio ao chão. Gritando disse que sim, que queria ser o maldito protagonista do programa, que estava eufórico para começar o quanto antes, que não sabia o motivo por que estava tão enérgico, quase fora de si, que não conseguia ficar quieto, e que roupa devia usar e como teria que falar e se mover e ia ser incrível trabalhar com ele. No tempo de um canto de galo o atordoou com uma verborragia trepidante e aguda como um chute no fígado, que acabou desnorteando Mauricio por completo. Sem poder dizer nada coerente, exclamou: – que boa notícia, meu deus! Me espere que em meia hora estou na sua casa e começamos a trabalhar. Bom, respondeu Miguel aliviado, pensando que com certeza Mauricio era dos que não se importavam com a missa, mas não perguntou nada, dando isso por certo. Ao desligar se viu tomado pela sensação de ter enchido sozinho um caminhão inteiro com sacos de batata. Do jeito que estava foi ao banheiro para tomar uma ducha. Ao sair, serviu-se um café e pensou em acender um cigarro, mas mudou de ideia porque, como não fumava, teria que sair para comprar. Poucos segundos depois, tocou a campainha que transmitia alegria e ansiedade. Mauricio entrou com um sorriso de orelha a orelha e, sem esperar o convite de Miguel, foi à cozinha, serviu-se um café e sacou a pasta onde estava o projeto.

–Com a campanha de publicidade que já pensamos, poderíamos começar em sete horas.

Enquanto explicava em que consistiria toda a campanha nas rádios, nas ruas, na televisão, nas revistas, nos jornais, Mauricio sacou o celular e ligou para o Comprido para pedir que avisasse o canal, e para que o ajudasse a ligar a todas as rádios AM e FM e os canais de televisão e jornais, não apenas de toda a capital mas da Argentina inteira, para que começassem a divulgar o que seria o *reality show* do ano, da década, do século. Miguel ficou muito surpreso pela maneira como Mauricio agia. Como encurralava os meios de informação, e como eles respondiam diferente quando Mauricio contava que o protagonista era Miguel. Só então se mostravam muito interessados, e perguntavam em que consistiria, como seria. Mas, como bom homem de negócios, Mauricio respondia tudo com harmonia e no seu ritmo. E Miguel sorriu um tanto nervoso e, olhando fixo o nariz de Mauricio, pensou: outro anacronismo. Era tal o entusiasmo de Mauricio que, por um momento, Miguel pensou: não terei me enganado? Mas, escutando como Mauricio falava sobre ele à mídia, essa ideia se apagou de sua mente. Uma vez que terminou os telefonemas, Mauricio o abraçou até quase espremê-lo. Sem lhe dar tempo para nada, pediu que arrumasse uma mala com roupa para dois ou três dias porque tinham que ir para o canal para começar todos os preparativos.

Segundo Mauricio, isso se encaminhava para ser um marco na história da televisão e dos *reality shows* porque duraria apenas um capítulo, sem ardis e sem roteiro já que se pretendia que saísse o mais natural possível, improvisando tudo ou quase tudo, e não como naqueles outros *realities* em que se simula até dizer chega. Ainda assim, era uma grande aposta para um canal de televisão, e apostavam tudo no profissionalismo e no carisma de Miguel para captar todo o público possível e manter a audiência eriçada na poltrona. O programa seria transmitido sem intervalos publicitários e, assim, esperavam ter momentos de muito suspense, dados os imprevistos que sempre acontecem nesse tipo de programa. Era quarta-feira e Mauricio dizia a Miguel que, se tudo saísse bem, o programa poderia ir ao ar na sexta.

No caminho do canal, Mauricio parou o carro e, sacando o celular, começou a discar. Olhando Miguel enquanto esperava que lhe atendessem, explicou que havia tido a ideia genial de começar o programa na própria casa de Miguel, para que todo o bairro sentisse e vivesse os momentos prévios. Numa só chamada, que durou uma meia hora, organizou tudo para que figurinistas, maquiadores, cabeleireiros, cenógrafos, iluminadores, câmeras, roteiristas, produtores e diretores estivessem todos na casa de Miguel o mais rápido possível. No tempo que demoraram para voltar à casa, descer do carro, entrar e sentar para conversar, começaram a chegar em diferentes transportes do canal todo o regimento que fica atrás das câmeras e que torna possível que qualquer programa vá ao ar.

Depois de meio-dia já dava para sentir nas ruas da Capital Federal o clima que Miguel gerava como único protagonista de um *reality show*. Era tal o movimento de cartazes, notícias nas rádios, na televisão, que a história começou a correr de boca em boca e de ouvido em ouvido. Ainda que o programa se vendesse como algo nunca antes visto, nenhum meio de comunicação conhecia o conteúdo, mas todos se empenhavam em levar a notícia até o último grotão do país. Os publicitários do canal estavam quebrando a cabeça para escolher o nome do programa. Procuravam algo sonoro e chamativo, que o povo lembrasse fácil, mas que não fosse comum e sem graça. Cogitaram muitos nomes e possibilidades, mas no final Mauricio optou por um e perguntou a Miguel o que achava de que seu *reality show* se chamasse: "Majestoso Fanfarrão". Miguel, sem nem querer perguntar o significado e o sentido, gostou da forma como Mauricio o pronunciou e assentiu com a cabeça.

A expectativa não parava de crescer e, no final do dia, não havia ninguém que não falasse direta ou indiretamente sobre o programa. Os fãs mais empolgados haviam se ocupado de fazer da notícia uma bola de neve na internet e nas redes sociais. Foram criados centenas de fóruns para divulgar e debater se o que haviam escutado aconteceria de verdade. E, sim, tudo indicava que Miguel estava voltando para a telinha. Os diretores do canal não se apressavam em comunicar o horário para provocar o maior suspense possível e para manter toda a população alerta até a própria sexta-feira, de modo que não passassem nem um segundo sem pensar no programa.

{ ELEGIA AO CANHOTISMO – II }

Com certeza todos os ditadores da história do século XX foram destros. Aposto o que você quiser que todos os fugitivos, os papas e os padres pederastas, e também os políticos devem segurar seu pau com a mão direita, se coçar e se pentear com essa mão, até segurar a faca com ela. Todos e qualquer um deles que ainda não estiver morto deveria ser levado ao paredão e, junto com eles, todos os destros que pretendem fazer carreira em cada uma dessas atividades viciadas. Teríamos que pagar com a mesma moeda, por exemplo a Galtieri, Massera, Mussolini, Franco, Pinochet, Hitler, Onganía e companhia. Se pudesse eu os ressuscitaria para levá-los ao paredão, ao lado de Berlusconi, Menem, Chávez, Piñera, Castro, Fox. Uma vez ali, atiraria à queima-roupa contra todos esses destros filhos da puta e que espirrem sangue como girinos, para com ele fazer o grafite mais vermelho e reivindicativo. **[a]**

08

*Idioteque*_**RADIOHEAD**
{ bit.ly/1s4dmq6 }

Quarenta e uma horas mais tarde.

Escuta-se o barulho da ducha. Miguel está deitado sozinho em sua cama embaixo do lençol. Através do lençol se pode ver, às vezes, que ele está nu. Faz o gesto de quem verifica o estado de seu hálito, se ergue e se dirige ao banheiro. Quando entra, se mete no chuveiro e pergunta a hora.

– Acho que são por volta das seis.

– Se apresse, que estamos atrasados.

Saem no carro conversível. Pegam a Avenida Costanera Norte. Enquanto ela lhe faz um boquete, ele pisa no acelerador e tira o pé, fazendo com que o carro aumente e diminua a velocidade como se tivesse soluço. Viram na Avenida Figueroa Alcorta, passam pela Praça França a toda velocidade. Ela termina e se reacomoda. Param num semáforo. Ele aproveita para se olhar no espelho, e penteia as sobrancelhas molhando a ponta dos dedos indicadores. Decide pegar a Avenida Quintana. Ela pede que ele freie por um momento porque quer ajeitar a calcinha. Ele consente. Para o carro; ela desce e, enquanto se ajeita, começa a olhar vitrines. De repente se anima e corre até a banca para comprar chicletes, entrando em seguida numa loja para comprar roupa. Ele percebe que são nove da noite e sai para buscá-la. Volta de imediato puxando-a pelo braço e pede que entre no carro. Uma vez sentados, ela começa a beijá-lo/mordê-lo, beijá-lo/mordê-lo, como se fossem ações inseparáveis. Ele a afasta e acelera. Acomoda como pode seu pau ereto para que os pentelhos puxem o mínimo possível e se concentra no caminho. Chegando à 9 de Julho, vira em direção ao Obelisco. Tudo sem lhe dirigir a palavra, sem consultá-la nem nada. Estaciona onde encontra a primeira vaga livre na Diagonal Norte. Olha para ela abstraído, e desce sem dizer nada. Fica por uns poucos segundos olhando o Obelisco – instrumento inútil, pensa. Permanece ali, parecendo atônito. Olha dentro do carro procurando a cara dela e encontra o maço de cigarros, acendendo um. Sai caminhando em direção ao Obelisco. Antes de passar à rua ganha consciência de que está diante de todas as câmeras e meios de comunicação que podem chegar a existir numa cidade como Buenos Aires. Isso sem contar o público, entre fãs e gente que não tinha nada melhor para fazer. Estando todos amontoados, parecem mais do que na realidade são. Decide, então, apressar o passo e se omitir ao pedido de autógrafos e fotos por toda parte, sobretudo das mulheres. Contorna do jeito que consegue toda aquela gente e começa a correr cruzando toda a Avenida de uma extremidade à outra. Primeiro uma, depois duas, três, quatro, até vinte vezes. Já embriagado pelas luzes e pelo murmúrio constante da gente, começa a correr em círculos gigantes, que abarcam o Obelisco, a pracinha, o público, carros, camionetes, vans, até terminar perto do monumento. Depois de perder a conta da quantidade de círculos, já cansado e suado, se joga ou, melhor dizendo, se deixa cair de boca para cima sobre o pasto, justo na entrada da porta do Obelisco. Fica jogado por um longo tempo pensando em nada e na mulher do carro, a ordem dos fatores não altera o produto. E começa a rir às gargalhadas. Gira a cabeça na direção em que ele crê que está o carro e imagina a cara da mulher que o espera mascando seu chiclete. Ergue-se em movimentos lentos, marcados e exatos, com o semblante mais relaxado do que seria habitual, e os olhos dão a impressão de estarem a meio caminho entre a vigília da droga e o sono do álcool. Olha as pessoas que o rodeiam, tomando seu tempo como se pudesse vê-las uma por uma. Olha as câmeras que o perseguem sem trégua, e sem aviso seu corpo começa a correr outra vez. Mistura-se ao público, aproveitando para passar a mãos furtivamente em alguma bunda e, sem titubear, se encaminha direto à portinha do Obelisco, que por milagre está aberta e que o leva, depois de desaparecer por longos minutos, até o topo. Esses minutos foram tão longos que até Mauricio começou a se preocupar, mas, ao ver Miguel, ele volta a guardar seu celular. Na janelinha com vista para o Rio da Prata, sentido Puerto Madero, Miguel surge aos poucos como quem descobre algo sem querer. Desse retângulo, Miguel começa a atirar primeiro os tênis, o esquerdo e em seguida o direito, que caem como duas pombas mortas. Prossegue com as meias que nem fazem barulho. Volta a se esconder e, no instante seguinte, saem voando o casaco e a calça.

Reaparece com um sorriso fora de lugar e começa a saudar e a jogar beijos no ar. Só lhe restam a camisa e a cueca, que por pudor ele não tem coragem de tirar. Começa a abrir os primeiros botões da camisa e, antes de chegar ao final, volta a se ocultar. Termina de desabotoar a camisa no escuro, faz o sinal da cruz começando a corrida e salta através da janelinha retangular como minutos antes fizera com sua roupa. Salta sem aviso prévio, sem olhar para baixo, sem se preocupar em procurar um bom lugar onde aterrissar. No ar se vê como sua camisa tenta funcionar como paraquedas, inflada pelo vento, mas sem sorte. Cai e continua caindo enquanto as câmeras não perdem nenhum detalhe, de todos os ângulos possíveis vão transmitindo segundo a segundo para o mundo inteiro, intercalando com as caras desfiguradas do público refém que não pode senão ser cúmplice mudo e surdo, mas não cego. O público o vê cair e se horroriza ao perceber que não é nenhum truque, que não aparecerá no último instante nenhum colchonete ou engenhoca que amorteça sua queda. Nada disso. É o que se vê e nada mais. As pessoas o contemplam estupefatas e magnetizadas, como se estivessem diante da Nona Maravilha. Para os curiosos que chegaram no último instante e não puderam ver com seus próprios olhos, duas telas gigantescas nas laterais do Obelisco – como nos megashows de bandas famosas – vão transmitindo tudo o que está acontecendo: quadro por quadro, em câmera lenta e rebobinando os momentos mais espetaculares e os primeiros planos do rosto de Miguel. E, graças à tecnologia, já se sabe que se está obtendo minuto a minuto a audiência mais alta da história da televisão mundial.

*Te abracé en la noche*_**FERNANDO CABRERA**

{ bit.ly/1inWr0J **}**

FOTO_PEDRO BELEZZA

{ *Este livro foi composto em Whitman e Conduit. Ele foi impresso em 2014 pela gráfica Rotaplan, em pólen bold 80g/m², quando completaram-se 41 anos da estreia do primeiro reality show da história.* }